木椅子の上で

私は今日もその場所へやって來《き》た。夏になってから、暑い日盛りを私はこゝで半日か時にはまる一日過《すご》すのが日課のようになっていた。

そこは公園の外れにある廣《ひろ》い雜木林《ぞうきばやし》で、その中を一の鋪裝道路が走っているのだが、たったそれだけのことで路のこちら側へは一日中殆《ほとん》ど誰もやって來ないのであった。所々に赤松だの杉だのがずば抜けて高く立っている、その下方はいたる所地面から溢《あふ》れ出たような灌木《かんぼく》や雜草《ざっそう》の茂みで、その上には絶《た》えず葉洩れ陽が斑《まだ》らにきらきらしていた。私が勝手に自分の場所にきめたのは大きな杉の木の根元で、そこには地面に足を打ちこんだ造りつけの長い木椅子《きいす》があった。私は時には子供をつれて、時には一人で、公園のプールで泳いだ後をこの木椅子に寢《ね》ころんで、午睡《ごすい》をしたりぽかんと枝の間から透いて見える夏空の輝きを眺めたりするのである。

私はこゝへ本を持って來たことはなかった。まれに、向《むこ》うの林なんかで學生《がくせい》らしい男が一心に讀《よ》み耽《ふけ》っているのを見かけるが、私は誰も見ていなくても氣恥《きはずか》しくて讀めない、それより何時間でもぽかんとひっくり返っているにかぎる。そうすると、何かしら私のところに押しよせ、滿《み》ちて來るのである。

カナカナがしきりに啼《な》いている。子供と一緒にそいつを短時間のうちに十何匹もつかまえたことがある。路の向うの林の中のベンチにも、御用聞《ごようきき》か外交員か、そんな連中が自轉車《じてんしゃ》を乘《の》りすてゝ寢ころんでいるのが見える。彼等も全く死んだようにいつまでたっても起《お》き上《あが》らない。

私は退屈するとよくそっちのベンチに出掛けた。他にもいろんな人がベンチに來る。四十あまりの、何だか吃驚《びっく》りしたような表情をいつも浮かべている男と、私は二時間近く一つベンチに竝《なら》んで腰かけていたことがある。私が煙草《たばこ》を吸うと、男も袂《たもと》からとり出してはじめる。下方の池の彼方からプールの騷ぎが聞《きこ》えて來る。それは風の工合《ぐあい》で急にはっきりしたり、又遠のいたりする。下方の砂利《じゃり》路を水筒をさげた小學生や、赤坊を負《お》んぶしたおかみさんや、白いワンピースに下駄をつゝかけた娘さんなどが通る。青《あお》い葉茂りの間から、それが見えるのだ。私は永いことぼんやりそんなものを見送っていたが、隣りの男も同じ位にぼんやり眺めている。向うも話しかけないがこっちも話そうとはしない。たゞ私は、その男のいつも吃驚りしたような表情が氣にかゝって仕方がなかった。そのうち、男はひょいと立って向うへ行ってしまった。それを待っていたわけではないが、私はすぐにベンチの上にひっくり返った。この世の中にどんな用を持っているのか判《わか》らないような男。向うから見れば、きっと私もそんな風に見えるだろう、というようなことを考えながら。――

こんな風に林のベンチへ寝ころびに來ることが、夏以來の私の仕事と云《い》えば仕事だった。家へ歸《かえ》ってコンクリートの道路に面した西向きの店長屋の二階では何をしようにも考えようにもできなかった。そこいらの家はどこもかしこも皆トタン葺《ぶき》だった。二階の窓下には裏口に向って長い庇《ひさし》が突き出ているがこれもそうだった。その向うは長いトタン塀《べい》で、そこには少しの空地をへだてゝ郊外らしい汚い映畫館《えいがかん》のこれ又すごい大きさのトタン屋根だ。こういうものにかこまれているので、二階は方々から熱氣が押しよせ、坐っている疊《たたみ》が蒸されてふくれ上るのが判った。試みに手を近づけると、むっとする溫氣《うんき》が感じられた。

だが、私がそこから逃げ出すのは必らずしも暑さのためばかりでもなかった。階下は三年このかた私の妻がやっている洋裁店だった。それは私が病氣で倒れてから、一家の生計を支えるために妻がはじめたので、やむを得ない成行ではあったが私にはひどく性に合わないものだった。私は小説を書いていたが、その方の收入はなかった。世間でも認められはしなかったが、家の中でも同じことだった。

私はぐいぐい暑さの加《くわわ》ってゆく日照り路を歩いて行った。兩側《りょうがわ》は小ぢんまりとした屋敷町だった。生籬《いけがき》だの、干《ひ》からびて反りのできた板塀だのゝ上にはうすい埃がついているのが見えた。それは目についたゞけで何だか口の中がじゃりじゃりし、指さきが黒《くろ》く汚れたような氣を起させた。幾日も雨が降らないのである。

廣い砂利路の上に出ると急に又かっとして來た。そこは正式の道路ではないが、しかし道路としての恰好をして居《お》り、ふだんから犬や御用聞きや私のような用のなさそうな男などが、そこはいかにも道路だという顔《かお》つきで歩いているのである。だが、道路でない證據《しょうこ》には、左へ少し行くとその端は省線《しょうせん》の黒く燒《や》いた枕木の柵に斜めに突きあたったまゝちょん切られているのであった。それなのに、右手を見ると、兩側の地面から小高く盛り上ったまゝ六七間の幅で殆どはてしないと見えるほど遠くに、畑地や森を突切ってまっすぐ伸びているのである。何年か前までは今のように砂利ではなく、一面に芝草が生えつゞいていた。春先きなど、その柔い緑《みどり》色がうす靄《もや》のかゝった遠い野面に消えこんでいるのを見ると、どこまでも歩いて行ってみたい氣を起させた。或《あ》る時、私はその通りのことをやってみた。すると、一里かもっと先きのあたりで地面にまぎれこみ、普通のぼやぼやっとした草地になってしまい、そこを別の方角から來た街道が横切っていた。省線にぶつかってちょん切られたのと同じ工合だった。たゞ、そこには黒い枕木の柵なんかは立っていなかった。そして、街道の向う側にはやはりぼやぼやっと草の生えた地面があり、そこいらからあの奇體《きたい》な道路樣《よう》のものが少しずつ盛り上って形を現わし、又かぎりなく先きの方に走っているのだった。

私がこの下に水道を通してあると知ったのはよほど後のことである。するうち、こゝがあちらこちらと掘り返され、大人が立ったまゝで樂《らく》に通り抜けられるほどのコンクリート管がいくつもいくつも運ばれたのを見た。間もなくそれも姿を消して、今度は表面が砂利になっただけで、元のまゝの、どこからどこへ通じているのか、間《ま》の抜けたような又屈托のなげなこの道路様のものがのんびりと走っていた。

私はこの上を歩くのが好きだったので、散歩のかえりなどにはわざわざ廻り路して通った。そこは他の道路のようにいろんな物が通らなかったし、こっちが勝手に道路のつもりで歩くには一向差支えがなかったから。だが、私がこゝを好んだのはもっと別の理由もあるようだ。私ははじめこゝが何のためにあるのか不案内だった。やがて、私は知った。それが掘り返されるのを見、今ではその下にあの大きいコンクリート管が埋《うま》っていることさえちゃんとのみこんでいる。こんな他愛のないことが、私にこの砂利路を何だか自家の物のような親しさをいつとはなしに感じさせるようになったのだ。これに似たことはまだ幾つもある。そう氣づいた時、私は不思議な氣がした。私もいつの間にかこの郊外の土地に住み着いてしまったのだ。

砂利路からウド畑の中に降りてしばらく行くと、公園の外れにある廣い學校の塀に突きあたる。そこは學校という名前ではあったが、少年感化院なのである。あたりに擴《ひろ》がった深い雑木林のおかげで、この感化院は全く人に知られない様子をしている。その性質上世間と没交渉《ぼつこうしょう》なのは判るが、それにしても正面の入口は雑木林の中を曲《まが》りくねって入った奥にひっそりと開かれ、他はたゞ高いトタン塀をめぐらしただけだった。こんなに高くて長い塀もむき出しのまゝだったら目立ったろうが、まわりの樹に蔽《おお》われているから、こゝが感化院だと知っている者でさえふだんは傍を通っても思い出さないのである。

ごく稀《ま》れに、この高い塀の中で喇叭《らっぱ》が吹き鳴らされ、稚拙な音樂隊がはじまることがあった。何をしているのか判らない。運動會《うんどうかい》にしてもそれに特有な賑《にぎや》かな氣配などはちっとも感じられなかった。たゞその哀れげでもあれば樂しそうでもある音樂の吹奏が、塀の中だけの上空にまっすぐ立ち上るのであった。が、今私がそこへ向って近づいて行く高い塀の上には、まだ見たこともない異様な風景がはじまっていた。五六人の院兒《いんじ》達がずらりと塀の上に竝んで、或る者は腰をかけて足をぶら下げ、或る者は片足を塀に片足を內側の木の枝にかけて踏ん張り、思い思いの恰好で塀の外を、そこを通る人を眺めてはがやがや云っているのであった。

小倉の霜降りの上着にパンツだけのもあれば、反對《はんたい》にズボンをはいて上シャツだけのもある。恐らく方々からのお下《さが》りを着せられているのだろう、だぶだぶだったり短く引きつったりしている。その服裝のちぐはぐで見すぼらしいよりも、彼等には共通して世間の子供達とは違った目立つものがあった。それは、年は十一二から十四五歳までだろうが、年齢に似合わない辛辣《しんらつ》な表情と、手に負えない鋭さとだった。したがって、彼等の樣子は一見して、子供の群というよりは得體《えたい》のしれない半動物がずらりと竝んだ感じであった。

彼等は下を通る人をじろじろ見下《みおろ》して無遠慮な批評をしているらしかった。ちょうど右手の方から子供を連れた四十あまりの女がやって來るところだった。塀の上ではしきりとべちゃくちゃ云っている。同時に、口をひん曲げて笑ったり、つかまった木の枝を荒々しくゆさぶる。通りかゝった子供は八つ位の女の子と、十あまりの男の子だったが、すっかりおびえた風だった。母親らしいのがその手を引き立てゝ、かまわずさっさと歩く。

間近かに來ると、塀の上ではぴたりとしずまった。彼等は、今にも喚《わめ》き出すか奇怪な笑いを爆發《ばくはつ》させそうな、そう思わせる靜《しず》けさで、默《だま》ってじろじろ見下している。急に一人がひどい勢いで傍の木にとびつき、ゆさぶった。だが、彼等は全體としてびっくりするほど靜かだった。彼等はたゞ見ている、母親とその子供達が通るのを。その子達はさっぱりと洋服を着てよく磨きのかゝった丈夫そうな子供靴をはいていた。女の子は少し足をもつらせるようにして、男の子はしっかりと足をふん張って歩いていた。それは善良な、甘えやかな、幸福そうな或る物だった。塀の上から彼等はそれを眺めていた。それは彼等には緣《えん》のない、知ることのない、味《あじわ》うことのなかったものだった。いや、知らないことはない。彼等はよく知っている。たゞ、何かしらがそこから彼等を遠ざけ、緣のないものにしているだけだった。——

急に、彼等は又がやがや云いはじめた。子供づれは遠くへ行きすぎたのだ。私が塀の下を通りかゝった。上ではしきりと喋っている。何のことか判らない。私が通ったってあまり興味がないと見える。

私はいつもの場所へ行った。そこからも木の間を透して感化院の塀が見える。それはふだんと變《かわ》りのないひっそりと立ったまゝの塀だった。これに沿《そ》って左手へ行くと、正門の前に出る。私は退屈しのぎにぶらぶら林の中を歩いて、しばらくその前に立って眺めたことがある。門の中は小砂利を敷きつめたかなりの廣さの中庭だった。門のわきには門衛《もんえい》の詰所《つめしょ》があるらしかったが、それは中へ踏みこまないと見えない位置にある。何もかも外からはちっとも判らないように出來ている。私がのぞいた時も、中庭には誰もいなかった。そして、庭の向うには所々に外ばりの板壁《いたかべ》を防腐剤《ぼうふざい》で塗った赤い屋根瓦の案外に洒落れた確《しっ》かりした建物が幾棟か間を置いて竝んでいた。だがそこで院兒達がどんな生活をしているのか皆目判らなかった。一度、私は箒《ほうき》を手にした院兒が一人で庭を掃いているのを見たことがある。それだけだった。門衛の姿さえ、私は見かけたことがないのである。けれども院關係《かんけい》の役員達がいることは間違いなかった。この廣い塀の中のまだずっと先きの所に、よく見る官舍風の屋根がいくつか見え、或るときそこの物干竿に男物のシャツとオシメがかゝっているのを見かけた。又或る時、この林の中の路を自轉車に乘った御用聞が入りこんで來るのを目にしたので、どこへ行くのかと思っていると、感化院の正門の中へ小砂利の音を立てながら入って行くのを見かけた。そう云えば、この塀まわりのどこにも正門をのぞいては出入口がないようであった。こんな風に周圍《しゅうい》からかけはなれ、ひっそりしているので、それが一寸《ちょっと》やそこらでは廻りきれない廣さであるのにかゝわらず、そこだけが全然存在しないような氣を起させるのである。塀が立って、林の中をどこまでもつゞいている。たゞそれだけの印象しか與《あた》えない。だから、その日はじめて塀の上にあんなに竝んだ院兒達を見ると、何かはみ出した腸を目にしたときのような生《な》ま生《な》ましさを受けるのである。

私はその後何度もあの塀の下を通ったが、もうあんなところは見られなかった。今はただ塀があるだけである。ひっそりとし、木の間に隱れ、元のようにその存在を忘れさせた。

私は隨分《ずいぶん》永い間木椅子の上でうとうとしていたが、ふと目をさました。葉の間からさす陽がじりじりと私の顔の上に匍《は》いよっていたのだ。だが、別に起きようともしないで、寝ころんで膝を立てたまゝ行儀惡く身體をずらせた。そのまゝぽかんと目を開けて上を見ている。横の方から紅葉の枝が伸びている。その上には櫟《くぬぎ》の葉っぱだ。みんな陽に透きとおっている。その間からいろんな形に區切《くぎ》られた夏空が見えて、氣がつくとうすい白雲がひっきりなしに動いていた。私は何だかまだうとうとしているような氣がしたが、そのまとまりのないぼやけた果てのない知覺《ちかく》の中で、だんだん何か、はっきりして來る。それは私が無用な人間であるということ、更に、この世の中には何か知らんはっきりした形があるので、そういう形からはみ出したものは、つまり私のような者は存在するようで存在しないのだということだった。私はこの十年近くの間、いつもこういう心持《こころもち》を味って來た。私はよく自分に訊《き》いてみた、お前は何者か、と。——

妻が今の店をはじめる前、私は彼女とつれ立って、知人の紹介で古くから洋裁店を開いている家へ見學に出かけたことがある。そこの妻君《さいくん》は裁斷一方で忙しく、主人はもと織物會社につとめていたので生地のことに明るいという話だったが、肥《ふと》って愛想の惡い妻君に代《かわ》って、顔をきれいに剃り上げ、きちんと脊廣《せびろ》服を着こんだ主人は店先きの大きな裁《た》ち臺《だい》の前に立って、客に向って叮重《ていちょう》な物腰で生地を切って渡していた。

はゝあ、こんなにするのか、と私は思った。主人は何かしら冷《つめた》いひっかゝりのない表情をしていた。その剃り上げられた顔と同じに、彼の內部生活もつるつるにされている風だった。彼は自分からは別に話したりはしなかったが、私達の問うことにはやはり叮重に答えていた。その樣子は何となく冷い憂欝さを含んでいた。恐らく、彼自身はその憂欝さを意識してはいなかったろう。それは彼等の暮《くら》しのそこゝに拾われるものだが、まとまって意識される前にその冷いつるつるした外皮の下にくっついてしまい、その外皮を厚くして行くだけのことだ、という風に見えた。私は主人と話しているうちにやり切れない惡感を覺《おぼ》えた。恐らく、私はこの主人の中の私のこれからさきの姿を見ていたのだろう。が、私はやはりこれと似たりよったりの境涯《きょうがい》に入って行ったのだ。

私は店の用事を持って毎日のように市内へ出向いて行った。私は問屋から問屋へ歩きまわり、赤だの紫だのゝ生地を棚からひっぱり出して、撫でてみたり、糸をひき出して唾《つば》をつけてみたりした。問屋の店員とむだ口を叩きながら、少しでも安くさせるように掛引《かけひ》きをしたり、生地に合う釦《ぼたん》一つを探しあてるのに半日を費《ついや》したりした。

或る時、仕入れの荷物が嵩《かさ》ばったのを持って歩いているうちひどい雨降りになったので、バスにとびのったのだが、人が混んでいる上に両手に大きな包みを提《さ》げているものだからよろよろしていると、座席にいた年配の婦人が見かねて僅《わず》かの空席をつくり、そこへ置けとすゝめてくれるので、私は心から感謝してお辞儀《じぎ》をしたはずみに、何ということだろう、私の被っていたソフトの縁《ふち》に雨水がたまっていたと見えて、そいつが親切な婦人の胸から膝にかけてしたゝかこぼれ落ちたのだった。婦人はびっくりしたり、うらめしそうだったが、私はなおのことうろたえてしまった。手早くハンケチをとり出して恐縮しながら拭いて上げようとすると、帽子の縁からは又滴り落ちる始末で、折角の好意に答えることが次々とひどい目に合わせる始末になってしまった。私はすっかり逆上して、次の停留所に來ると慌てて降りてしまった。

「なんだ、バスの中にこんなに荷物を持ちこむなんて」

私は周圍の人達の目がそう叱っているように感じた。バスに乗るときもよほど圓《えん》タクを拾おうかと思ったのだが、二十錢や三十錢分の小切れを値切って來たその足で圓タクに乗るようなことでは商賣人《しょうばいにん》にはなれないぞ、と考えなおしたあげくのことだった。雨は降りつゞけていた。電車もバスも、それから圓タクもしきりに傍を走っていたが、私はもうどれにも乗る氣になれなかった。びしょ濡れになりながら、四谷《よつや》の驛《えき》まで歩いた。私の心は何かしら怒りに燃えていた。どんなにしても生きるぞ、私はそう力んでいた。私はもう永い間小説の仕事はしていなかった。當分《とうぶん》できないともあきらめていた。私はできるだけ小商人になり切ろうと努力していた。それより他に生活のあてはなかったからだ。

私は今の店をはじめる前に五年間、同じ土地の住宅地に住んでいた。そこは自分で建てた家だったが、賣《う》り拂《はら》った金を資金にして店を出したのである。それまでいた住宅地では、學校の教師だの、畫家、退職官吏だのいう人がまわりに住んでいたが、越して行った所では小商人ばかりだった。そして今、私もその一人にちがいなかった。

私はこの商店街に住むまでは、何の氣なしにこゝを通り抜けたものだった。そこは人の住むところではないように思われた。たゞ、むやみと物の竝んだ場所であった。子供靴だの、色のついた小箱だの、鰹節《かつおぶし》の山だの、セルロイドの石鹸容《い》れ、圓い金輪《かなわ》にぶら下げられた縁取りのしてあるハンケチだの、そういう物の場所だった。人はその物蔭にかくれている。買物に入っても、奥から出て來る人の顔なんかはろくに見もしない。それは口を利く、五十錢だの一圓だのと答える。だが、それは人というよりも竝べられた品物についている紐のようなものだった。店さきに立って、あちらこちらと動いている。コール天のズボンに下駄をはいて、ジャンバーを着て、頭をいがくりにした、目の細い、鼻のさきの小さく圓まったその男は、何か云って、金をうけるとお辭儀をして、もう横を向いて他の客と何か話している。それは「商人」というものだった。何だか鼠のようにごそごそしているもの、そんな風にしか感じられない。品物を渡してくれさえすれば、こちらが金を拂いさえすれば、もう私とその相手との間はきれいさっぱりになってしまう。それは人間同士の關係とは云えないような或るものだ。ごくたまに、品物を渡してくれる相手が美しい娘だったりすると、はっと氣がつく。そこには人がいるのだと。だが、そんなことはめったにない。買手は知らず知らず傲慢《ごうまん》になっている。相手はどんな人となりだか、どんなことを考えて生きているのか、そんなことは興味の外だ。彼等はたゞ、品物の蔭にかくれている、それは品物についている紐だ。

たまたまその中にまぎれこんで、その一人となった時に、私ははじめてびっくりした。何と私はこれまでよそよそしく感じていたものだろう。彼等はしがみついている、たゞ暮しを立てるということだけで精一杯なのだ。あらゆるものを切りつめ、頭を下げ、じっとがまんしている。生きて行くこと、暮してゆくということ、それが最上の道徳だった。何という單純《たんじゅん》な欲望だろう。

だが、それでも落伍者《らくごしゃ》はできる。私は或るとき、町內の無盡《むじん》の會に出た。その通りで小ぢんまりしたおでん屋が一軒あったのだが、老夫婦二人きりの家族で、どうしてもやって行けないので近くの裏町へひっこむことになったが、無盡の金をとっくに取っているのでその後始末にみんな集ったのである。話はすぐとついた。間もなくその老人がやって來て、皆に禮《れい》を云った。頭がきれいに禿《は》げ顔の皮膚と同じにつやつやとした銅色になった老人は、白い割烹着をひっかけ、ロイド眼鏡が御愛嬌だった。瘦地なのでよけい高く尖って見える鼻にその老眼鏡を今にもずり落ちそうにかけて何だかきょとんとした面持《おももち》でいた。

「どうもね、みなさんに御迷惑をかけちまって、相すみませんが、どうぞよろしく」

しゃがれ聲《ごえ》でゆっくり云いながら、老人はまわりの人を見た。まるでこんな成行が自分でも腑に落ちないと云った案配である。集《あつま》りの中には新しくこの町內に餅菓子屋をはじめたのがいて、その人は手相を見ることができるらしい話をしていた。すると、

黙りこんでいた老人が急に、

「わたしのを一つ」と云った。

「さあ、何を見ますかな」

老人は手を開いてさし出していたが、慌てゝ
「金。金。ほかのことはどうでもようござんすよ」と答えた。

場合が場合なので、まわりの人は何となく笑い出した。が、私は老人が「金、金」と口に出した途端に、いきなりピカピカと光る金貨を感じた。あのお伽噺《とぎばなし》に出て來る、無垢な輝きを。

私はしかし小商人にもなり切れなかった。まあ、こんなことはとっくに判っていたことだった。私は何者でもない。私は世間のあらゆる形からはみ出そうとしつゞけて來たのだから。

三崎の死を私が聞いたのはその頃のことである。

彼の境遇は私とよく似たものであった。彼は孤兒《こじ》だった。彼には遺産がかなりあった

ので、それといっしょに叔父の家に預けられたから、物質的にはそうひどい目に會わずにすんだのだが、精神的には孤獨《こどく》だった。預けてあった遺産のことでは相當ごたごたしたようであったが、とにかく自分の物として殘《のこ》されてあったゞけを處分《しょぶん》して、彼は東京に出て來た。その少し前に、彼は結婚したのである。

私は彼が學生だった頃から友人になっていた。彼より少し前に、私も亦《また》自分の生《うま》れ故鄕《こきょう》の物を始末して、逃げ出すように東京へ出て來たのである。彼の場合とちがって、私は身よりの者が死絶《しにた》えたのであったが、故鄕では私は幼時から苦がい記憶しかのこっていなかったので、そこから脫《ぬ》け出ることのできたのが何より悅《よろこ》ばしかった。私は今まで自分を押《おさ》えつけていた重荷がすっかりとれ、急に目の前がぱっと開けたように感じていた。

三崎も叔父と絶緣して出て來たので、やはり同じような心持らしかった。私達は急激に親しくなって行った。二人の家は近い所にあった。私達は毎日のように往來した。いっしょによく散歩した。キャッチボールもやった。プールにも入った。彼は中學時代に水泳の選手だった。私は彼からクロールの泳法を習《なら》った。

二年あまりこんな狀態がつゞいた後で、私達はふいに感情の疎隔《そかく》を來した。彼は私と同じく神經質《しんけいしつ》で、すぐ苛々《いらいら》する性分だった。ちょうど私はなけなしの遺產を使い果《はた》した時分で、それから何年か私を苦しめた不眠症の兆候がはじまりかゝっていた。彼も同じように遺產を失くしかけていた。私と彼とは一寸した話の行きちがいで殺氣立ち、じりじりと苛立ちながらおたがいの顏を眺めていることがあった。ふしぎな憎惡《ぞうお》が起って來た。私は自分の心に起るのと同じものを、彼の顏の中に讀んだ。幼時からはげしい感情の曲折を同じように經《へ》て來た私達は、おたがいの間に與え合った侮蔑《ぶべつ》を忘れることができなかった。が、同時に私達はおたがいの心の底に横たわっているものを知り拔いていた。それは人間同士の愛情に對するはげしい渴望だった。二人は求めていて、同時に反撥し合った。したがって、それは急に右と左に別れることのできない苦しみにみちた友情だった。

だが、生活の與える變化が私と三崎とを別れさせることになった。彼には痼疾《こしつ》の肺結核があったが、それが再發したのだ。私が病臥《びょうが》していると同じ頃に、彼は生れ故郷へ歸っていた。もう殆ど無一物になっていた彼はもう一度叔父との交渉で少しの物を得たらしかったが、それは燒石に水だった。彼にも一人の女の子が生れていたが、その妻と子を實家《じっか》にのこしたまゝ彼は又上京して來た。

病氣は重くなるばかりだった。それから彼の苦酸《くさん》な生活がはじまった。彼は友人の手で集められた乏しい金で療養していたが、病氣がすゝむにしたがってその孤獨感と苛立ちは深まるばかりだった。あてのない僅かな金を持って信州へ出かけたが、そこでひどい喀血《かっけつ》をやり、倒れこむように長野の赤十字病院に入った。ようやく身體が動けるようになって、東京の療養所へ入ったが、友人から集める小額の金より他に收入があるわけもないので、そこから更に施療病院に移った。

私はその頃今の店をやるようになっていたが、別の友人を通じて三崎のそういう狀態はくわしく知っていた。信州にいる間に、彼の子供は死んだ。自分の妻子とも音信不通だったので、その電報は元彼の住んでいた傍の家宛に打たれ、私のところに持って來られた。三崎はその後で妻に離縁狀を送った。彼は絶望以上の狀態だった。だが、彼の所作は、運命の先手を打って、悲劇的な運命を自分の手で更に押しすゝめているようにも感じられた。

私は三崎のそういう成行を見ているのが苦痛だった。私によく判った、それはあの復讐の氣持《きもち》だった。運命の先手を打って、更に自分を突きのめすこと、それは運命に對するただ一つの復讐なのだ。その結果は明《あきら》かだ、だが結果より何よりもその慘酷《ざんこく》な瞬間がふしぎな悅びと生甲斐を與えるのだ。私はそれを知っているだけに、その考えに組みしたくはなかったのだが。——

施療病院へ移ってからの三崎は、しかし、もうどんな手段も役立たないように見えた。私は何度そこへ出かけようとしたかしれなかったが、いつも何か拒《こば》むものを感じた。一度はそこへ行く途中の乘換驛で、ふいに後もどりしてしまった。私は三崎のことを思いだすたびに常に重い負擔《ふたん》を感じた。私の彼に對する感情はいまだに割り切れないごたごたしたものだった。私はつとめて彼のことを考えないようにした。

そういうところへ友人からの速達が届《とど》いた。危篤だということだった。私はちょうどその日外出していたので、見たのは夕方だった。出かけようとした所へ、ひょっこり友人が來た。朝方早く息を引取ったと聞かされた。明朝火葬場へ行くから六時までに病院へ來てくれるように云われた。

そんなに朝早く火葬場へ行くというのが腑に落ちなかったが、行ってみると思ったより清潔な白塗りの病院の玄關には打水《うちみず》がしてあり、まだ早いのでしんと靜まりかえっていた。が、もう火葬場へ出かけた後だった。時計を見ると六時を十分すぎたばかりであった。何となく、狐につまゝれたような氣がした。私には、まだ三崎が死んだということも頭の中ではっきりつかまえられなかった。

この氣持は、私はこれまでそんな所に火葬場があるとも知らなかった場所へバスで運ばれ、兩側は草土手になった六月はじめの明るい爽やかな朝の坂路を降りて行って、時刻柄まだひっそりした待合茶屋の土間で、先着の友達と顔を見合《みあわ》せたときもつゞいていた。ふだんだと、この友人達の唯一人として起きていない時間だった。そのせいか、どの顔もぽかんとしていた。何か共通の用があることは確かだった。火葬場の費用だの、病院の支拂いだのゝ書いた紙片が廻された。だが、私には依然として三崎の死が實感になって來なかった。

死際《しにぎわ》の話が出た。友人の中一人だけがその傍についていた。明け方近く急變して、その友人の言葉をかりると、何かしきりに呪いながら死んで行った、ということだった。それを聞いたとき、私は聞いてはならないことを耳にしたように感じた。それだけで、私には三崎の死が突然鋭く閃《ひら》めいたのだった。彼のこれまでの全生涯が、その云うべからざる苦酸の匂いが。

私はその時思った、昨日からの行きちがいで三崎の死顔《しにがお》を見られなかったのはかえってよかったのだ、と。もう何年か私は彼に會わずに過した。そのまゝ、私は彼の死の外側にだけぶつかったのだった。私には彼の死をまともに迎えるだけの用意ができていない。ぽつりぽつり、友人達の間には彼の生前のことが話に出はじめたが、私はそれの仲間に加わっているのにかなりの努力を要した。間もなく、私達は遺骨を抱えた友人を中心にして圓タクに乘りこみ、市內の或る寺に向った。そこの若い住職はやはり文學雜誌に關係している人だったので、友人から友人を辿って、引き取り手のはっきりしない、遺骨を當分預ってくれることになっていた。

白布で包まれた遺骨は本堂の正壇に安置されて、僧衣をまとって出た若い住職によって讀經された。私達はそのうしろに竝んで坐った。私はずっとさっきから同じまゝの、強《し》いて何事も感じまいとして、ぼんやりその方を仰ぎ見ていた。その私の目には、遺骨の白布が一帶《いったい》にうす暗い空氣の中で鮮《あざや》かに浮き上っているのが見えた。それは四角な、白々とした、ものを云わない或る形だった。突然、私はそこに三崎を見た。

「ばか、三崎のばか、とうとうこんなになってしまったじゃないか」

私は怒りに似たものをおぼえ、立って行ってその遺骨箱をゆすぶりたて、三崎をそこへ起き上らせたいように感じた。

（昭和十五年八月）

石ころ路

島へ着いた翌日から強《つよ》い風が出て、後三日にわたって吹いて吹き捲《まく》った。雨も時々まじったが、何より風の強さに驚いた。島の人に訊《き》くと、こんな風ならしょっちゅうだと云《い》う。もっとひどいときのはどんなだろうと思った。僕の着いた日は、海にうねりこそあったが穩《おだや》かなうす曇りで、船から望んだときの三宅島はその火山島らしい圓錐形《えんすいけい》の半ばの高さから下方は淡綠色につゝまれていて、陸へ上《あが》るとすぐ、そこは黒砂《くろずな》のあまり大きくない濱で、そこから三十米《メートル》位の斷崖《だんがい》についている急な坂路を上って、ゆるやかな傾斜地を走っている稍廣《ややひろ》い路に出て行ったとき、あたりの土堤にたくさんある灌木《かんぼく》はもう若若しい廣い葉っぱを出しているし、路の兩側《りょうがわ》の樹々も、それから所々に樹の間から眺望される廣いなだらかな山裾、それはしだいに盛り上って向《むこ》うに島の中心である雄山《おやま》の柔《やわら》かいふくらみが眼を惹きつける、そこら一帶《いったい》の榛《はん》の木の疎林、あたりの畑地にもいっせいに新芽をふき出しているのを見て、僕はいきなり春の眞中《まんなか》へとびこんだような氣がしたものだ。

それが三日間の强い北西の風で又冬に逆もどりした形だった。僕の來《き》た分の次の汽船は島へ近寄れなくって、大島の波浮《はぶ》港まで避難したと云う。着くなり風に閉じこめられた工合《ぐあい》で、僕は終日茫然《ぼうぜん》として庭の向うの楠《くす》の大木が今にもちぎれそうに枝葉をふきなびかされるのを、雨を含んだ低い雲がすぐ頭の上と思える位のところを速くひっきりなしに飛んでゆくのを眺め、小やみなく遠くの方で起《おこ》って、急にどっと襲って、又遠くの方で唸っている風の音を聞いてすごした。

ようやく風のしずまった日の午後、散歩に出た。部屋のどの家も周圍《しゅうい》に石垣をめぐらしている。島では「ならいの風」という。それは北西から吹くやつだが、そいつが來るといつも荒れで、部落は恐らくならいの風を避けるためにか、傾斜と傾斜の間のいくらか谷まった地勢にかたまっているので家々の高低がまちまちで路は家々の古い石垣の間をあるところは小さい谷のようになったり、方々に上ったり下ったりして續《つづ》いている。いゝ加減に低い方へ下りてゆくと、部落外れの兩側に椿の樹が並木みたいにぎっしり密生した路になった。そこを抜けるとからっとした廣い傾斜面で、どこも秣《まぐさ》畑になっている。切株から青い葉莖が少し出ている。ずっと海の方まで傾斜面はつゞいて、そこでいきなり切れている感じだが、きっと高い斷崖になっているのだろう。秣畑を區切《くぎ》ったみたいにして、茅《かや》のような雜草《ざっそう》が所々にある。まだ冬枯れのまゝの延び放題な、そして風に捻られ揉みたてられたまゝ茫々として、いかにも荒れた感じだ。その邊《あた》りでは風がまだ相當《そうとう》に強い。時々後から追いたてるように、冷たくさっとやって來る。そして火山灰でできた秣畑の荒い小砂を足のあたりに吹きつける。身體《からだ》の奥の方で、何かゞ目覺めて來る。路はもう消えてしまったが、何とかして崖《がけ》っ縁《ぷち》まで行ってみようと思って、そこではもう大分《だいぶ》深くなっている茅の茂みに踏みこむと、隱れた凹地に足をとられて、僕は何度か轉《ころ》び、手足の方々を擦《す》りむいた。風の冷たいのと、茂みの深いのとで、崖縁まで行くのはとうとう斷念した。引き返しにかゝると、まともに面を打つ風のきついのにびっくりした。でたらめに部落へ向けて秣畑の中を歩く、時々顏を上げてあたりを見ているうち、白い波頭のちらちらしている海のずっと向うに、山の上半分うすく雪を被っている島が眼に入った。それは大島だった。何だかひどく遠い、そして暗灰色の曇り空の中にちょっぴりした鮮《あざや》かな雪の色は思いがけなく、僕の心に錐《きり》のような痛みを感じさせた。こゝから云うと、大島もその向うにあって一様《いちよう》な灰色の中にかくれている東京のある邊《あたり》は、北方だ。あすこには今どんなことが起っているのだろう。あすこには僕の置き去りにして來た生活がある。いろんなことが一時に胸の中に押し寄せて來る、だが僕はこゝに來ている。こゝにいる僕は向うに起ることゝはいっしょになって生きてはいない、こゝは何かしら別物だ。

ちょうど部落の入口に來たとき、そこから路は稍急な坂になっているのだが、上手から一人の着物の前をはだけてひき擦るように着た痩せた男が路いっぱいにふらりふらりと大股に左右に搖れて降りて來るのを見た。咄嗟に氣狂いではないかと云う氣がしたので、小わきによけて擦れちがおうとすると、その男はなんだか僕の行く方へ寄って來る。そのまゝ二三尺の距離で二人とも立ちどまった。そのとき僕は始めて相手の顔《かお》を見た。痩せて尖った顔で、執拗に僕を小高いところから見下《みおろ》している眼つきには、風狂者によくある嶮《けわ》しさのうちに一脉《いちみゃく》滑稽染みたところがある。僕が相手の氣心をはかりかねて立っていると、その男は立ちはだかったまゝやはり左右にゆるく搖れていたが、僕を文字通り上から下までいくらか仕科《しぐさ》めいた様子で眺めて、「君は誰だ」と、訊いた。僕は間《ま》の悪い微笑をした。だが、或《あ》る氣紛れが起ったので、「君は誰だ」と、僕もおうむ返しに訊いた。相手は又搖れて、又「君は誰だ」と繰りかえす。

「君が云わなきゃ、僕も云わないよ」

僕はそう云いながら、自分が冗談でやっているのか本氣なのかわからない氣持《きもち》になった。

「いや、わるかった」と云って、頭を一寸《ちょっと》下げたかと思うと、すぐ、「誰だ」と訊く。

「誰でもいゝ」

「何しに來た」

「遊びに來た」

「遊びに?——島へ遊びになんか來られちゃ困る」

僕は思わず彼の顔をまじまじと見た。なるほどそうかも知れない。僕はいゝ加減に「遊びに來た」と答えたが、その男に叱られたように、僕の心持《こころもち》なんかたゞの遊びにすぎないのかも知れぬ。

「いや、君は今度來た水産技師だろう」と、その男は急に叫んだ。

「そうだろう。水産技師だろう」と、いきなり僕の手をつかんで「君、たのむ。島のためによろしくたのむ」と、もうすっかりそれにきめて、人なつこい微笑をうかべた。彼は明《あきら》かに酔《よ》っていた。

「うん、うん」

「そうか、たのむ。今夜遊びに來たまへ。すぐそこの家だからな」

その男は急にはなれて、ぴょこんとお辭儀《じぎ》をして、ふらつきながらすぐ下手《しもて》の汚い農家の庭へ入って行った。

島の人で最初に僕に強い印象を與《あた》えたのはその酔拂《よっぱら》いであった。また他に、「リュウさん」と云う人、「タイメイ」と云う人などに會《あ》った。僕は、島の人で學校時代に僕より二三年位先輩で、一二回會った位で顔もうろ覺《おぼ》えになっている檜垣をたよって來たんだが、そして着くなりそのまゝ檜垣の家に厄介になっていたが、檜垣の家は伊豆七島屈指の海產物の問屋で、父親がその方をやっていた、檜垣自身は專賣《せんばい》局の出張所の役人をやっていた。家のすぐ裏手にその出張所の建物があって、檜垣はそこでいつも島の青年たちを集めて喋ったりお茶をのんだりしていた。檜垣はむろんその中心なのだ。いろんな人がやって來る。近くのバタ製造所の技手、印半纏《しるしばんてん》を著《ぎ》た男、コール天のズボンをはいた男、などが通りがかりにひょっこり入って來て、三十分も一時間も坐《すわ》りこんで話してゆく。

「リュウさん」はその仲間の一人だが、しかし青年とは云えない。彼の息子二人のうち兄の方は無線電信の技手をやめて歸《かえ》った男で、弟の方はこれも銀座の不二屋のボオイを七年やっていた位で、息子二人も出張所へ來る仲間だが、父親の「リュウさん」もやはり仲間なのである。彼と息子達とは殆《ほとん》ど似ていない。檜垣の話では、「リュウさんはあれで黑龍會の壯士《そうし》だったんだ」と云う。しかしちっともそれらしくなくて、小柄で眞黑で痩せて、一寸東京の裏店に住んでいる落ちぶれた骨董屋という感じだ。何かと云えばうなずく癖がある。入って來るときからそれをやる。「ウン、ウン、ウン」と聞《きこ》えない位に云って、獨特《どくとく》の微笑をして（そんなとき一皮の切れの長い眼がクシャクシャに小さくなる）その場にいる誰にもうなずいてみせる。話の合間にはもっと頻繁にやる。どうかすると、話に興がのってあまりひどくうなずくので彼の腰かけている椅子がガタリと動くことがある。彼はちょっと居ずまいをなおして、椅子に深く腰をかけるが、すぐ又うなずきはじめる。それに咽喉《のど》がわるいのか、奇妙な咳をする。ちょうど鷄がトキをつくる際のけたゝましさに似た、思いがけない疳高《かんだか》い聲《こえ》でやるのだ。どこにいても、それこそ隨分《ずいぶん》遠くにいても、その咳で「リュウさん」とわかるのだと云う。ちょうどその話をしていたとき出張所の横手の路の先から咳の聲が聞えて、「そら」と云っていると案の定「リュウさん」で大笑いしたことがある。又、彼の話しっ振りそのものが、咳やうなずき工合と同じに突拍子もなくて、黑龍會の壯士だったと云うのも、いくらかそれらしいことはあったのだろうが、彼の話し振りにも由來しているのだろう。「リュウさん」と皆が云うので、僕はいつのまにか「龍さん」だと思いこんでいたら、ほんとうの名は「隆さん」だった。

「タイメイ」と云う人は若い指物師《さしものし》で、やはり東京に何年か出ていたのだが、病氣で歸っていると云う。なんだか龜《かめ》の名みたいで僕は「リュウさん」の例もあるし變《へん》な氣がしていたが、字を訊くと「泰明」という立派な名前なのでよけいに面喰《めんくら》った。

「タイメイ」さんは醫者《いしゃ》のかえりだと云って藥瓶をさげて入って來た。銘仙《めいせん》の光る著物を長く着て、帶を腰の下の方に結んで、ロイド眼鏡の鼻にあたるところが橋のようになっているのをかけて、顔は島の人に似合わない白さだった。それに、樣子全體に何だかちょこちょこした、椅子に腰かけるにもそこらを歩くにも小腰《こごし》を落《おと》したような、變に柔かい、遊び人風なところがあった。

「病氣はなんだい」と、檜垣がからかうように訊く。

「え、まァ、神經衰弱ですね」と、相手のからかう調子に用心した風で、にやにやして、ちょっと上眼に見て云う。

「おれは、タイメイが病氣だって云うから醫者にどんな病氣かって訊いてやったよ」と、檜垣がわざとまじめな顔で云う。

「えへェ。にいさんったらあれだ。そんなんじゃありませんよ」

それで皆が一時に笑い出す。「にいさん」というのは皆が檜垣を呼ぶ云い方だ。「タイメイ」さんは後から何をからかわれるか氣にして、窓のところへ音をたてないように寄って、人目につかない用心をしていたが、檜垣が指物の話を持ち出すと急に元氣になった。よく喋る。目の前に出された置物臺《だい》の木理をしらべたり、指先で尺をとったり、こんこん臺の脚をたゝいたりして說明するんだが、その手つきにはどこか眞似《まね》のできない巧みさがあり、他の人が持ったときよりも彼の手にあるときの置物臺が何だか生きて見えるのだった。

檜垣は僕のために島めぐりの案内人にというので「タイメイ」さんを選んでくれたので、「そうだ、タイメイならちょうどよかろう。やつなら面白い男だし、うってつけだ」と前に云っていたのだが、「タイメイ」さんはその話を聞くとすぐに承知してくれた。そして、二日後の朝、僕は急に打って變《かわ》った脊廣《せびろ》服に色變りのズボン姿の「タイメイ」さん（その中には東京芝、檜垣商會、中島泰明という先日とは別の男が顔を出していた）といっしょに島めぐりに出かけた。

神着《かみつき》の部落をはなれると、路は右手に海をひかえた斷崖の上に出る。そこは始めに島へ上るとき見えた斷崖だったが、上から見るとこんなに高かったかと思われるほどだった。濱の部落の屋根が殆ど眞上からのように眺められる。ちょっとした切通しを拔けると、そこから先きはこの島の大部分がそうだが、雄山からの傾斜面が海に來て急に落ちこむまでのゆるやかに下った地帶で、榛の木の林がいたるところ目につく。路は傾斜の皺々《しわしわ》に添ってゆるく曲《まが》り曲りしてつゞく。若々しい芽のふき出た林の上に微風があたると、いっせいに柔かく小さく搖れるのが見える。所々の赤い色の土くずれ。下方にとってもちっぽけに見える行儀のいい四角な、少し圓味《まるみ》をもって盛り上っている畑地。地面を蹴ってとびさえすれば何だか身體が浮くだろうという氣のする、輕《かる》い、何かしら匂いのある空氣。

「タイメイ」さんは、人をそらさない妙な馴れ〳〵しい調子でしきりに僕に話かける。「これも何かの御縁ですから」と前置きして自分の身の上話をはじめた。彼には女があると云う。その女は以前島の料理屋で仲居をしていたんだが、その女と仲よくなったゝめに、その間島に居れない事情が出來て、(「タイメイ」さんは話の間に「その間」という言葉をさしはさむ癖があった。別に必要でないところにも使うし、又説明しにくいところは「その間、事情がありまして」と、うまく、するするといくらでも話をつゞけた)女といっしょに東京に出た。だがその女とも今は別れた。「女は今伊豆伊東町〇〇町〇番地〇〇方にいて、まだ時々手紙をよこしますがね」と、こちらで訊きもしないのにそんな精《くわ》しいことまで喋って、今度は仕事の話になって、自分は指物師としていい仕事をしたい、幸い島は桑の本場だし、数少《かずすくな》くともいゝ仕事をして暮《くら》すにはやっぱり島が都合がよいので、病氣のためもあるがそう思って歸って來た。ところが東京の先の主人が自分をひきもどそうとしてなかなか仕事道具を送ってくれないので困る、というような話をちっとも倦《あ》きさせないで長々と喋るのである。それから

又病氣の話になって、

「毎日人に會うのがいやで寝てくらしますよ」

と云う。ぶらぶらしていると島の人は、何だ遊びほけていると云うし、仕事をしようにも道具はないし、叔母さんの家にいるのだが、その叔母は起きているとしょっちゅう何かしろと云うし、ひる日中朝から晩まで床の中にもぐっている。――

「全く、あなたの前ですが、面倒くさいから死んでやろうかと思いますよ」

と、彼は突然なげやりなほんとうに怒ったような調子で云った。彼の話はなにしろ流れすぎるので、どこからどこまで眞にうけていゝかわからなかったが、その瞬間の彼には「タイメイ」さんでもなく、「東京芝、檜垣商會、中島泰明」でもない、何か別の、孤獨に苦しんでいる男が見える氣がした。そう云えば、出發《しゅっぱつ》の前の日に時間を打ち合わせに彼のいる家を訪ねて行ったが、それは午後の二時頃だったが、部落から小さいわき路を上って行ったところにある、高手ではあるが山蔭のような所の、古い傾きかゝった家で、彼は雨戸をたて切った眞暗い部屋に寝ていた。そして叔母さんという人が彼をよび起すと、彼はのそっとして爐傍《ろばた》に出て來て、僕といっしょに茶を啜《すす》りながら永いこと默っていた。傍には叔母さんが坐っていた。そのときの彼にも、前日に見たいくらか浮調子なへらへらした微笑もなくて、どこか「恐わい」ものを自分の中に抱いて生きている男の様子があった。

だが、そういう苦澁《くじゅう》な様子はほんのちょっと現われるだけで、すぐ又元の陽氣な馴々しい「タイメイ」さんにかえるのである。今もそれで、彼は一通り身の上話を終《おえ》ると、ちょっと默って歩いた後で、いきなり僕の傍から二三歩とびのいて、

「ずるいや、あなたは。他人にばっかり話をさせて。いやじゃありませんか。少しはあなたのことも話して聞かせるもんですよ」と、云うのだった。

僕はいつの間にか「タイメイ」さんに深い親しみを感じていた。そして、できたら彼と同じ調子で僕の身の上話を聞かせてやりたいと思った。だが、僕という男には自分のことを一種樂しそうな調子で人に話して聞かせることはできないのだった。で、僕は或る濟《す》まない感情を覺えながら、彼の話の聞役にまわるよりほかはなかった。もっ

とも、僕が話し出したら「タイメイ」さんはきっと中途から自分のことの方へ話を横どりしてしまうだろうが。――

島めぐりの最初の日は三里ほど歩いて、阿古《あこ》村という部落で一泊する豫定《よてい》だった。「タイメイ」さんは路々阿古村の娘たちの話をして聞かせた。ちょうど途中の伊豆村というところで大きい風呂敷で包んだ荷箱を背負って來る娘さんに會った。「タイメイ」さんは彼獨特の氣輕な、何だかからみつくような馴れ〳〵しい調子で「やあ」と云って、それから何か話しかけた。紺絣《こんがすり》を着たその娘さんは體《てい》よく挨拶して、路の傍の駄菓子屋へ寄った。阿古村にある菓子製造所の娘で、あゝやって卸《おろ》賣して歩くんですよ、とのことだった。又、途中で三人の小娘が荷を背負って行くのに追いついたがこの娘たちは阿古村から專賣局の出張所のある神着まで煙草《たばこ》の買入れに來たかえりなのだ。

僕は朝檜垣のいる出張所でこの娘たちを見たので覺えがあった。「タイメイ」さんは彼女たちの後姿を見かけると、急に足をはやめた。そして、何かとからかいかけた。

まだほんの十四五歳位の娘たちは顔を見合《みあわ》せて、紅《あか》くなって笑うばかりだ。僕は彼女たちがいくらか當惑《とうわく》しているのを見ると、「タイメイ」さんを娘たちから引きはなそうと思って氣づかれないように足を速やめたので、間もなく娘たちは後になったが、「タイメイ」さんは時々うしろを振りかえった。

「タイメイ」さんはふいにニヤニヤして僕の顔を見上げ、「阿古村というところは村の娘が宿屋へ遊びに來ますぜ」と云った。やがて、その邊は丘陵の皺が入り亂《みだ》れて路は石ころだらけの、兩側は雜草と雜木林で、その間を深く切りこんで下る急な坂路だが、急に海の眞上に出たかと思うほど切り立った崖緣の上を曲ったとき前方にそれもすぐ眼の下にその阿古村が現われた。そこは島へ來て始めて見る稍平地らしい平地で、それも東側は高い崖なんだが、西方へ向って開けた土地に、殆んど崖のつけ根から海ぎわまで、低い瓦屋根がぎっしりとつまって、それも強い西風を防ぐための石垣の間に家々はまるで背をちゞめてかたまり合っているかのように見える。

天氣はよかったが、現に今も西風が吹いていて、それもそう強くはないのに、海か

ら打ちつける浪のしぶきが、部落の縁の眞黒い岩々の上をうすい煙《けむり》のように匍《は》ってい
るのが、見えた。神着の部落とちがって、こゝでは家々もそう頑丈でなく、何か剝《む》き出しな荒々しい空氣が部落の上を通っていた。大きい石で疊《たた》んだ路が、日に照らされて艶々《つやつや》して、何だか滑《すべ》っこい工合に町の中へ上っている。しばらくして、僕たちはその方へ降りて行った。

その夜、部落に婚禮《こんれい》があるというので、僕は「タイメイ」さんにつれられて見物に行った。宿屋の外へ出ると、そこは例の石疊の路だ。そこを爪先上りにのぼって行くと、上手から人影が三つ四つ下りて來る。話聲で年配のおかみさん達だとわかる。擦れちがいざまに顔をのけぞるようにして僕たちをまじまじと眺める。瞬間ぴったりと默っているのだ。そしてやりすごして置いて急にかたまって、夜目なのでよくわからないが袖でのどもとを隠すように前屈《まえかが》みになって、がやがや云いながら下りて行く。又前方から誰か來る。すぐ近くに來るまではそれが男だか女だかよくわからない。どの人影も擦れちがいざまに、透《すか》し見る様子をする。所々の角や軒下なんかに、二三人黒

くかたまっているのもある。そういう人影は行くにしたがって多くなって來た。婚禮のある家の前あたりには、そこらの暗らがりにどこにでも一人や二人の人影が見えないところはない。中には五六人かたまっているのもある。みんなひそひそ話している。時々大きい聲がするのは、子供がきゃっきゃっ叫ぶ位のものだ。婚禮のある家は、雑貨店らしく、それらの品物を容《い》れた棚が見える。店にはランプが一つともっているきりで、その下で赭《あか》ら顔のでっぷり肥《ふと》った男が袴《はかま》をはいて坐って、時々表の方の人影を意味ありげな笑いを含んだ眼で眺めている。

その家の前にちょっとした空地があり、半鐘《はんしょう》を吊《つる》した梯子《はしご》が立っている。そこの石垣に身をもたせかけて、僕と「タイメイ」さんとしばらく待っていた。ひる間にくらべると大分風が出て來たので、寒い位だ。僕はそのときやっと氣がついたのだが、部落の路には明りが少しもなかった。そして、眞上には暈《かさ》のかゝった大きな月が出ていた。人の顔がはっきり見えないながらも、とにかく部落の中を歩いて來られたのはそのためだった。随分待った婿入りだと云うことだが、その行列はちっとも來ない。いつのまにか僕たちのまわりには十三四歳の女の子達が集まっていた。前へはけっして來ない。時々、まるで魚の列から一二匹氣まぐれなやつが横へ流れをつゝ切ってゆくように、一人二人がわざと僕たちの前をすっと通り抜けてはかえって來る。そしてもとの群へかえるとくつくつ忍び笑いをするのだ。中には月を一杯うけて、顔をさっとつき出して逃げるのがある。その群は向うの暗がりへ行ったり、又僕たちの背後にそっと近よったりした。

「タイメイ」さんは、まだ始まらないから少しそこいらを歩いてみようと云って、部落の先きの方へ出かけた。僕はどこをどう歩いているのか少しもわからない。たゞ一様にうす明《あかる》い、暗がりのたくさんある部落の間を、一種興奮した心持で「タイメイ」さんについて行った。

路々あのいきなり暗いところから現われてすっと通りぬけるような人影に會う。でも、いくらか慣れたせいで、僕にもそれが男か女かの區別位つくようになった。相手を見きわめるようにぬっと來るのは男で、女はたいてい音をたてないようにして前屈みに速く歩く。「タイメイ」さんは、擦れちがうのが男だとけっして近よらないが、女だと他の男がやるようにぬっと傍へよって行く。大部分は顔見知りと見えて何かしら話す。「タイメイ」さんはまるで僕のいるのを忘れたように忙しかった。そしてかならず「〇〇館に泊《とま》っていますからね、遊びにいらっしゃい」とつけ加えるのだった。

とうとう部落外れのようなところへ出た。そこらはいくらか路が高手になっているせいか急に月の光りがはっきりして見えた。桃の花が鮮かに咲いていた。戸を閉めた、庭先きの地面だけが明い家の前へ来ると「タイメイ」さんは、ちょっと、と云い置いて小走りにその家の前へ行き、戸を叩いてもう眠っているのを起した。何の用かと思っていると、

「もし、もし、タイメイです。たま子さんはもうおやすみですか」と云うのが聞えた。僕は少し呆氣にとられた。あんなことを云って娘を夜遊びに誘ったりして家の人に怒鳴られやしないかと思った。するうち戸が開いて、母親らしいのが顔を出した様子だった。別に怒られもしない。何か話してる。

「あゝそうですか、おやすみのところをすみませんでした」と、「タイメイ」さんはいやに叮寧《ていねい》に云って引き返して來た。もうかえるのかと思っていたら又別の方へつれて行った。そして、やはり寝ているのを外から呼び起して、「もし、もし、飴玉三十錢《せん》ほど明日までにこしらえて置いて下さい」と云う。家の中からは、もう自家ではこしらえていません、と云うようなことを返事している。

「あ、そうですか」と、「タイメイ」さんは又氣がるに引きかえして來た。そして、「今の家、けさ來がけに菓子箱を背負った娘さんに會ったでしょうあの家ですよ」と云う。それであんなことを云って樣子を探ったんだな、と思った。僕は、のこのこ「タイメイ」さんについて部落中を歩いたが、何だか「タイメイ」さんのお蔭でうっかりすると恥をかきそうだな、と氣がついた。こんなに娘ばっかり探して歩くなんて、なんだか犬みたいな氣がする。僕は、「タイメイ」さんが又どっかへ行こうとするのを、斷って、さっさと宿屋へかえった。

翌朝目ざめるとひどい吹き降りだった。一日中閉じこめられていると、夕方になって一人の娘さんが、「タイメイ」さんを訪ねて來た。それは昨夜寝ているのをたゝき起した農家の娘さんで、「タイメイ」さんが東京にいた時分やはり上京して女中奉公をしていたとかで、話の様子では「タイメイ」さんの世話にいろいろなったらしい。又、彼女が一寸立った間に、この娘さんは今戀愛《れんあい》でなやんでいる、その相手は神着の妻子のある四十すぎた島で一番古い家柄の主人であること、そのために、いっしょになるわけにも行かず別れることもできず、ちゅうぶらりんになっていることなど聞かされた。その人は僕も檜垣のところで會って知っていた。「タイメイ」さんは病氣で禁酒だと云っていたが、欲しそうな様子もあるので、すゝめるとよく飲《の》んだ。この晩もそうで、飲み且《かつ》よく喋る。娘さんはお酌をした。

「なあ、お前、よくよく考えてだね、一つこの私に任かせてちょうだい。私に考えがあるから。一つ任かせておくれ」

「なにを任かせるんです。何も任かせることなんかありやしない」と、娘。

「えへえ、そんなことを。まさかお前もこのまゝ牛の尻を追ったり山へ芋掘りに行ってばかりもいられまい」

「私は山が好きですよ、村はうるさいからね。山へ行ってる時がいちばんいゝ。牛の尻を追ったって、そんな暮しはちっとも悪いなんて思いやしない」

「まだ、あんなことを云う。そんなこと云っていると又猫イラズだよ」

娘さんは笑い出した。東京に女中奉公していたとき、猫イラズをのんだと云う。

「どうってねえ、どういう氣もないのよ。つい變な氣になってねえ、のんだところがまずくてまずくて、吐き出しちゃった」

「あれですからね」

と僕の方をむいて、又
「だいたいお前さんも變った人だよ」

娘はしばらく默っていた。それからふいに、

「あァあ、私なんだかちっともわからない」

と云った。そのときの娘の眼には、或る閃《ひら》めきがあり、どっかに猫イラズを前にした時の彼女の姿が感じられた。

翌朝出發する前に、娘さんは搾《しぼ》りたての牛乳をわざわざ持って來てくれた。僕と「タイメイ」さんとはその日途中の坪田《つぼた》村で一泊し、ぐるりと島を一まわりして神着村にかえった。

それから間もなく、僕は阿古村の中だが部落から更に一里ほど西南方の、あたりには殆ど人家のない農場へ移った。島めぐりのときにその場所を見つけたのだ。檜垣は僕を神着村にひきとめて置きたいらしく、いろいろ部屋の都合など聞き合わせてくれたが僕はとうとう我がまゝをとおして阿古村へ行った。一つには今度の場所が氣に入ったのでもあるが、神着には檜垣をはじめ、知り合いも大分できたし、僕は自分の孤獨を邪魔されるのを恐れたのだ。檜垣には何も云わずに置いた。僕は自分でも説明のできない誰にも云いたくない心の狀態にいた。いろいろ人に訊かれたり、檜垣にも訊かれたりして、眠れない病氣だと云って片づけた。事實《じじつ》その通りで、他人にはその他に云うことはない。だが、僕の內部ではそれでは濟まなかった。病氣はよくなったり惡くなったりして二年近くつゞいていた。峠は越したように思われたし、僕もそれを望んでいたが、しかしそれはわからない、嫌《い》やな嫌やな奴だ。それは人間の顏をしている時もあるし、千人位を一つにした形容のできない尨大《ぼうだい》な顏のときもある。いちばん僕を苦しめたのは、これまで僕に親しく見慣れてもい、明瞭であったこと、物、すべてが確實でなくなり、ぼやけ、信じていゝ境と信じなくてもいゝ境とがいっしょくたになり、夢と覺めているときとの感覺が同じものになり、最後には自分の肉體感まで失われたこと、そして何より惡いことにはこれらの種々の混亂《こんらん》がその微細な點《てん》から全體にいたるまで一々明瞭きわまること、それはかつて健康であったときに感じていた明瞭さとは全然性質を異にした、そいつに見舞われるといきなり叫び聲を上げずにはいられないような、そんな明瞭さであった。

僕はすっかり疲れて、これから先き自分がどうなるだろうということさえ考える力を失っていた。僕はたゞ待っていた。何かやって來るだろうと。それが何だろうと、今まで仕方なかったと同じように、そいつに身を任かせるよりない。

新しい場所に移ってから天氣は徐々に定まった。毎日溫かい日がつゞいた。もうどこを見ても一杯の若葉だった。僕のいるところは原地農場という、牛を七八頭飼《か》っていて、バタをつくっている。家の前面は廣い耕地だ。耕地全體をとりまくようにして、家の裏から左手へ、それからずっと前方までゆるやかな傾斜面が盛り上っているが、そこら中の榛の木の若葉は何という美しい奴だろう。日に輝き、搖れ、絶えず小さいさやぐ音をたてゝいる。それは何かしら僕の心を吸いこんでしまうやつだ。それに白と黑の斑牛《はだらうし》、こいつはどうしていつまでもこう動かずにいるんだろう。その鮮かな脊毛はどんなに遠くにいても、どんなに林の中からちょっぴり見えたゞけでも眼につかないということはない。いつまでもいつまでもじっとして草を喰っている。

あたりには散歩するところが澤山《たくさん》あった。同じ島の中でも、神着とこゝとでは何というちがいだろう。明い。そして何もない。家の左手の傾斜地を左へ上って行くと、高臺のようになった廣い平地があるが、そして大部分は耕地で、所々には鍬《くわ》を入れている人影が見えるが、それは何だかあたりの雰圍氣《ふんいき》にのみこまれて、働いていると云うより、たゞそこにいる人と云う感じで、ゆっくりと動いている。耕地もそうで、それはつい昨日耕地というものになったような、素人くさい様子をしている。林もそうだ。それはちょろちょろと細かったり、たゞ伸びられるだけ伸びるとでも云うようにむやみと眞すぐに立っていたりしているが、それでいて生き生きしている。

家の右手の林を拔けるとすぐ海ぎわで、崖緣の小路をつたってゆくと一面にまだ黄ばんだまゝの草地で蔽《おお》われた廣い突鼻《とっぱな》がある。ひる間、僕は何度もそこへ寢っころがりに行った。草地は厚くて日に温《ぬく》もっていて、いつのまにか身體中がぼうとなって來る。風がたえ間なく顏の上を吹いて通る。耳のすぐ傍で蟲《むし》の羽音《はおと》がする。海の上には何もない。無暗《むや》みと廣いばかりでいつまでたってもそこには何も起きない。僕は自分をどっかへ置き忘れてしまったような氣になる。何かあったのだ、何か起ったのだ。僕は一寸の間思い出そうとしてみる。だが、それはちっとも僕のところへはやって來ない。僕には遠い不快な記憶のようなものがあり、それと今の僕との間には或る斷絶がある。ふいに鋭い皮肉な心持が湧き上る。あれはあれで、これはこれだ。どれも確かなものはない。どこにも確かなものはない。あったらお目にかゝろう。僕は何にでも身を任かせる氣になる。そして、鈍い氣倦《けだ》るいものゝ中に身を包まれてしまう。が、又もやふいに豫知しない、原因のわからない鋭い痛みが胸をつき上げて來る。どこから、何故《なぜ》。そして、次の瞬間にはわかって來る。妻、子、友人、仕事、生活というやつ、自分というもの。そういうものをおれはみんな信じない。何かゞおれからそれを信ずる力を抜きとってしまったのだ。そいつに訊いてくれ。——僕はこういう種類のことを次々と胸の中で呟やく。

だが、もう永くは本氣でいない。僕はどの嘘も見抜いているのだ。僕の今信じているのはこの氣倦るい空氣だけだ。

僕のいる家は六人家族だった。主人は阿古村の村長をしていてこゝが役場に遠いところから部落の方に住んでいる。その奥さんは四十位の、色の淺黒い眼の大きい、その眼は島獨特の倦る氣《だげ》などこか野生的な感じで、十六になる正代という娘を相手にバタをつくることから一家の仕事をやっている。東京の女學校を出た養子の娘さんがいた。この娘さんは奥さんの姪にあたるので、部落の方に實家があり、しょっちゅうそっちへ行っていた。坪田村という所のお醫者さんで色の白い、素白《しらふ》のときはよく口ごもって溫和《おとな》しいが、酒飲みで、そうなるとまるで樣子の變る人が時々やって來た。噂では大變な遊蕩兒《ゆうとうじ》だと云う。この醫者と養子娘との間は公然の秘密になっていた。お醫者さんは鐵砲《てっぽう》が好きで、時々パンパンパンと云う音が遠くに聞え、それがだんだん近くなると、やがて向うの榛の木の林から獵犬《りょうけん》の駈《か》け下りて來るのが見え、すぐ後からお醫者が自轉車《じてんしゃ》にのってやって來る。娘さんはもうそのときはたいてい耕地の邊まで迎えに出ている。そして二人してそこらで立話をしたり時にはさっきまでそこらにいた娘さんが、お醫者といっしょに林の方から現われることがある。鐵砲の音は「知らせ」だろうかと思った。僕の眼に映ったお醫者さんには、惡い噂とは別に、どこかに無暗みと人見知りするような內氣さと、いゝ家に育ったダヾッ兒らしいところと或る目立たない優しさの入りまじったところがあり、子供のときから東京で永い間教育をうけた者が島にいつかされたとなったらこうでもあろうかとは思われるような、どこかやり場のない憂鬱さが感じられた。彼はしばしば獵の獲物を土產に持って來てくれたので、僕もそのお招伴《しょうばん》にあずかった。

だが、その醫者の來訪をのぞいては、又毎朝近くの家々から牛乳罐《かん》を提げた女達がバタ製造の土間へ集るほかは、この家では何もかものろのろと半ば眠って動いていた。奥さんはときどき永いひる寝をするようだった。

「ほんとうに島の女はみんなよく眠りますよ。仕事がないんですからね。眠ってばっかり――」

と、笑いながら云う。

畑、水汲みなどの仕事は主に正代という小娘がやっていた。よく働く。僕が來たばかりの晩、僕の部屋は家の一等端の、廣い土間で母屋と區別されているのだが、そこの土間へぬっと入って來て默ってお茶の入った藥罐《やかん》をつき出してくれた。頭を風呂敷のようなもので包んで首の後でしばり、眼のありかがわからない位に細くなっている。笑っているのか、もともとそういう顔なのかわからない。この家には震災のとき死んだアナアキスト某の甥だか姪だかにあたる白痴《はくち》がいると聞いたので、それかと思った。だが正代という娘はそうではなかった。この家には大分老牛だというが種牛が一頭いる。そいつを自由にできるのはこの十六になる娘だけだった。ほかの誰が近づいても危《あぶな》い。血走ったぐりぐりする眼で草を喰《は》んでいるが、人が近づくと遠くの方からちゃんと知っていて、だんだん頭を地面に下げる。うっかりするとぬっと迫って來る。そいつは肩から首から、とても巨《で》かくて、牛というよりは猛獣に近い。正代は平氣でそいつの鼻面《はなづら》をつかまえる。時々近所の人が牝牛をひいてカケてもらいに來るが、それはみな正代の役目だ。この娘はだんだん僕に慣れて、散歩のときなんかに會うと笑ってみせる。それがあのたゞ眼を細くするだけなのだ。ときどき向うから話かけるが、まるで單語をならべるような話しぶりだ。

「これ、マグサだ。牛は好きだ」

「どこ行く？　ウン海か」

そんなことを云って、例の微笑をやる。島の女の人の風だが、正代も風呂敷や何かの布《き》れでいつもすっぽりと頭を包む。まるでロシアの農婦の被るプラトックのようだ。その格好でどんな土砂降りの雨の中でも平氣だ。時には頭から肩からぐしょ濡れになって、日照りの下を歩くと同じに仕事している。奥さんに訊くと、雨どころか、冬でも蒲團《ふとん》なんかきて寝ることはないと云う。いつも縁側にごろ寝する。彼女は白痴でこそなかったが、母親は白痴で、彼女はその私生兒なのだった。正代は自分の出生を知って、その母親をとても嫌やがると云う。白痴の母親はもとこゝの家にいたことがあるので今も時々やって來る。その母親と云うのは僕のいる間にも一度やって來たが、正代の母親と思えない位若くてやはり私生兒の赤ん坊を背負っていた。家は阿古村の部落にあるのだが、ちっともそこへかえらない、どこにでも地面や石垣の隅なんかで寝るんだと云う。その母親の來たとき、正代はぷいとどっかへ姿をかくしてしまった。

家の前の畑傍に四坪ばかりの小屋がある。トタン葺《ぶ》きで、板壁というよりほんの板圍《いたがこ》いだ。窓というものがなくて、多分雨戸の古だろうと思われるようなものが押上窓のように上部にとりつけてあるきりだ。内部は半分は土間で、つくりつけの竈《かま》が二つ並んで居《お》り、その隅にやはり竈の上にのっけて固めた工合の風呂桶がある。むろん煙出しなんかないので、しょっちゅう煙がこもっているし、どこも眞黒に煤《すす》けている。後半分は疊敷と板の上に上敷をしいた、どうにか部屋らしい體裁になっているが、そこが牧夫《ぼくふ》の民さんと白痴の昌さんとの住居だった。

僕は頭の惡いのは昌さんだけかと思っていたら、民さんの方もやはりそうだった。民さんは四十いくつだと云う、小柄で、顔も同じように小さいが、それなりに輪廓《りんかく》のとゝのった顔だった。毎朝牛をつれて山へ行き、夕方薪を背負って牛といっしょにかえって來る。昌さんは三十越していると云うが、二十二三にしか見えない。そしてひょろ長い。眼はひどい斜視だが、いつも上瞼《うわまぶた》が垂れているのでどこを見ているのかわからない上に、まるで人を輕蔑している風に見えるのだった。僕がはじめて彼を見て驚いたのは、その如何《いか》にも憂鬱な表情だった。誰かゞ彼の前へ現われると、彼はさっさと逃げて行くが、そうでないときはじっとどこか一點を（と云っても視線はわからないが）見て、額一杯に皺を浮かべる。まるで思いあぐんでじっとその場に立ちすくんだという様子だ。そういうときは聲をかけても駄目だ。答えないし、答えても「えゝそうです」「そうです」との一點張りだ。それもいやいやでいかにも煩《うる》さそうだ。

もっとも、この「そうです」は彼の口癖で彼が何かと云えば唄う歌、「戀《こい》し、戀しい銀座の柳」の後でも「そうです。えゝ、そうです」と云うのだったが。何故彼はこんなに陰氣な顔をしているのだろう。彼には普通人のように物を感じる能力があるのだろうか。もしないのだったらどうしてこんな表情をするのだろう。灰色ばっかりを見ているような眼。彼のその重たい沈んだ顔に何か動くものがあるのは、喰物を見たときだ。彼は何でも喰物でさえあれば一瞥《いちべつ》したゞけで、ひょいと吃驚《びっく》りしたように立ち上がる。何か直線的なものが彼のとりとめのない表情に現われて來る。そわそわして行ったり來たりする。彼は喰物をくれる家の奥さんには絶對服從だ。子供のように何度でも欲しがる。どうかすると、一度すましたお椀だの箸だのを洗い場の方へ持って行って、又のこのこそれを持って臺所へ入って行く。

「あら、今喰ったばかりだよ。何という恰好なの、それ」と奥さんは叱りつけながら笑い出す。彼は又ひょこひょこと、それが癖なのだが殆ど前のめりにふらつくようにして、食器を持って引き下がる。

彼にはもう一人苦が手がある。それは民さんだ。民さんは昌さんを晩になると風呂に入れてやったりするし、けっして働こうとしない昌さんを叱りつけて放牧につれて行ったりするが、昌さんはいつのまにか脱《ぬ》けもどって來る。民さんは昌さんとちがって、僕を見ると人なつこく寄って來て、その小さな眼に何だか溶けるような笑いを見せて、いくらか涎《よだれ》を吸い氣味にいろんなことを話しかける。晩になると、母屋の方へ遠慮しいしい僕のところへ話に來る。民さんの話や、奥さんから聞いたところを綜合すると、民さんは日本橋の大きい問屋の生《うま》れで、曉星の中學二年まで行ったと云う。それから瀧の川學園へ預けられた。瀧の川學園というのは僕は知らなかったが、いゝ家の息子で頭のわるいのを教育する所らしい。民さんはその頃の仲間である名士の子供を二三云った。生家は沒落《ぼつらく》して、妹の嫁ぎ先きが池袋で八百屋をしていると云う。

「一度そこへかえりましたがね、又こゝへつれて來られましたよ。妹の家ではね、妹をおかみさんって呼ばされるんです。わたしが頭が悪いもんですからね、都合がわるいってね。わたしは叱られてばかりいましたよ」

と、民さんは例の溶けるような笑い聲で云う。彼は又その妹の家へ手紙を僕に書いてくれとたのんだ。母屋へ聞えないようにこっそり云うのだ。

「手紙をちっともくれないが、時々くれ。バタを去年送ったが、それは着いたか。大分溫かくなったので、薄いシャツを三枚送ってくれ。それからチョコレートと何か菓子を送ってくれ」

そう云って、

「板チョコ、うまいですからね」

と、この頭の圓く禿《は》げた民さんは僕に向って口をすゝって見せるのだった。

民さんはしかし毎日の仕事はよくした。もっとも、牛を山へ追い上げてしまえば、牛はそこらで草を喰っているのだから、たいてい日中を山で寝て暮すと云う。だが、酒が好きで、一杯やるときっと脱線する。二三日は歸って來ないのだ。僕のいる間にも、芭蕉《ばしょう》イカの大きいのが獲れたので、民さんはそれを持って部落の、この家の親戚まで夜に入ってから使いに出かけたが、翌日の午後になって手ぶらで歸って來た。途中で、やはり牧夫仲間の太郎というのに會い、そのまゝひっかゝって、とうとう土產物のイカを洗いもせずに裂いて肴《さかな》にして喰った上、方々の農家をたゝき起して酒をねだり、山で寝てかえったのだ。翌日一日中腹が痛いと云って寝ていた。

「暗らやみで生イカを喰ったもんだから、口のはたをイカの墨で眞黑にしたちゅう、なあ民さん。腹いたはバチがあたったんだよ」

と、奥さんにからかわれて、民さんは悄氣《しょげ》切っていた。

その民さんが或る日ひどく怒っていた。どういうわけか知らない。牛小屋の方で奥さんと何か話していたが、いきなり、

「おれはかえる、ばか野郎、こんなところで誰が働いてやるもんか」

と叫んで、後は「ぶるん、ぶるん」と云うような音を吐き出しながら、背負枠も牛の綱もそこらに放うり出して、その小柄な肩をすさまじくいからせながら、ちょうど僕は庭先きにいたが、こっちへは眼もくれずに小屋へ入って行った。奥さんは苦が笑いをしていた。

民さんと昌さんとは仲よしだとばっかり思っていたが、日がたつにつれそうでないことがわかった。時々、夜になってあたりの寝しずまった頃、ふいに庭の向うの小屋で二人の争《あらそ》う聲が聞えた。民さんが力づくで昌さんを苛《いじ》めるらしい。何か揉み合うような音も聞える。昌さんが「あーあ、あーあ」という引っ張った悲しげな聲をたてる。昌さんは何かと云えば、たとえば牛の綱を持たせられたりすると、よほど牛が恐いと見えてこの聲をたてる。彼の唯一の抗議の仕方だし、又防禦《ぼうぎょ》でもあるらしい。

一度、僕はこの二人が放牧に出かけるのについて山へ上ったことがある。それは随分高い場所だった。そこでも二人の争いを見た。昌さんは隙を見て脱けてかえろうとする、民さんはそうさせまいとする。あげくは揉み合いになったが、民さんは小柄だが力があるのだろう、くるりと昌さんをからみ倒して馬乗りになり、いきなり、昌さんの肩から衣物を脱がせて、むやみとその胸のあたりをつねるのか引っ掻くのか妙な折檻《せっかん》をする。昌さんの胴の皮膚には見る見る條《すじ》ができた。それは、たゞかえさないための動作でなくもっと何か執拗なつかみ合いだった。

後で聞くと、昌さんは例の正代の母親にあたる白痴が來るとひる間でも近くの社《やしろ》の繪馬《えま》なんかのある建物の中に二人で寝ると云う。それを又民さんが氣狂いのように怒鳴りつけるということだった。僕は何とも云えない氣がした。あの白痴の女にも選ぶということがあり、そして昌さんの方が民さんよりも選ばれたのだろうか。昌さんが民さんを苦が手なのはそういういろんなことがあるのだ、と思えた。昌さんは自分に害を與える者とそうでない者とを敏感に見分ける。害を與えない者には全然の無關心を示す。はじめ、僕を遠くから見るようにしていたが、今ではまるで傍にいても氣にとめない風だ。僕の見ている前だと、平氣で、食物の桶なんかに手をつゝこむ。それでいて、あたりを實に警戒してさっとやるのだが。

四十日近くいるうちに、僕はだんだん自分のことを忘れて行った。家からは妻の手紙が來て、早く歸ってもらわないと困る、と云って來た。どの手紙にも、僕がどうしているかということは殆ど書いてなく、困るということだけが書いてあるので、今更のようにあいつらしいと思った。だが、彼女も憐《あわ》れむべきやつだと重ねて思った。僕はもっと憐れむべきやつだが——。神着の檜垣からも手紙をよこした。

「貴兄にくらべると、僕の生活は毎日芝居をしているようなものです」とあった。それは多分、毎日村の青年たちを集めて喋っている、それを指すのだろうと思った。しかし、僕のも芝居だ。どこまでほんとうなのか、ちっともわからない。一體おれは何をしてるんだ、何もありやしないじゃないか。これはこれだけのもの、いくら騒いだってどうにもなりやしない。眼をつむって歩くだけがほんとうだ、そうも思った。

ちょうど、檜垣の母方の祖父が亡くなったので、お悔みをのべがてら遊びに神着村へ行った。そのとき、檜垣は何を思ったのか彼の身の上を沁々《しみじみ》と語り、「僕はこれで、時々やり切れなくなることがありますよ。島の者だからね、島で死ぬつもりだが、島でなれる限りの幸福なことを考えてみてもやっぱり駄目ですな」と、云った。

僕は金も乏しくなったし、ぼつぼつ歸ろうと云う氣も起きたので、一度は上ってみたいと思っていた雄山へ行くことにした。案内人をつけないと路がわからないだろうと云われたが、かまわずに一人で出かけた。七百米位の山だから平氣だと思った。いつか民さん達と放牧に行ったことのある、そこらから又急な坂路になって、しばらくすると廣い平坦なところへ出た。林と草地が入れ代り現われる。大體の路は聞いたのだが、何分廣い原っぱみたいなので、路がわからなくなった。

ふと氣づくと中腹にあたる林の中からうすい煙が立っていて、よく見ていると、なんだかそこいらの林を切っているらしく、林の上葉が一所ずつ搖れてそこだけ空所ができていくようだ。目あてにして行くと、四五人の男が炭材を伐採していた。訊くと路はすぐわかった。

今度はうんと急な路だ。そんなところも牛が上るらしく、所々に牛の踏みこんだ跡が段になってついている。水こそないが、石ころだらけの澤みたいな路だ。又、廣っぱに出る。そこいらはすっかり灌木の原で、間々に柔かい芝草が生えている。そこをぐるっと廻るように行くと、もう小さな内輪山《ないりんざん》の下だ。いつの間にか外輪の中へ入ったのだ。熔岩の細かく砕《くだ》けた原をまっすぐに、ちょうど上ったと反對側へ行って山の向う側の部落を見ようと思った。外輪の凹んだところまで行ってみると、そこは眼のくらむような崖だった。ずっと眞下までどれ位か見當もつかない。岩の間に小さな路が匍って下りているのが上から見える。崖の下の岩場から下方はしだいに擴《ひろ》がった草地で、それはだんだんと林になり森になりして、一帶の山裾が極《ご》く小さいながらに海ぎわまで手にとるように見える。海に近い方にはぽつりぽつり人家が見えた。

海は眞蒼《まっさお》で、海岸が白く泡立っている。眺めているうちにだんだん前へ吸いこまれそうになる。この縁から思いきって飛んだらどの邊に落ちるだろうか、そう見當をつけてみると、そこいらはごろごろした岩ばかりだ。手足のこわれた人形のように、放うり出した瞬間から不恰好な形をして、やがて岩の上にグシャリとなる、そういうものが一瞬頭の中を走った。僕は立ち上って、崖縁から少し遠のき、又縁まで歩いて見、その次にはもう後を見ないで內輪山の方へ立ち去って行った。しばらく、指の先きのしびれるような感じがのこっていた。

（昭和十一年十一月）

あの路この路

仲夫が生《うま》れたそのちっぽけな町は、土地の人間だった間中とてもつまらない嫌《いや》な所だったが、町を出てしまって十年近くになり、殆《ほとん》ど縁故《えんこ》もなくなった今では、記憶の中でしだいに特色がある町のように思われて來《き》たし、美しいと云《い》うのはあたらないが、少《すく》なくともそれに近い或《あ》る風趣を持っていることに氣《き》づくようになった。仲夫の場合、それはあのすべての醜いものを消し去り、美しいものだけを浮かび上《あが》らせるという懷郷《かいきょう》の情《じょう》とは似て非なるものであった。

茫漠《ぼうばく》としてとりとめもなく、たゞ何かしら向《むこ》うが開けていて、どこかで風が吹き、どこかで匂いがするような、誰にもある生涯のはじまりの中に、仲夫がその土地で知り覺《おぼ》えたことは、できることなら肉を削《けず》り去るようにしてゞもかき消してしまいたいほどのものであった。だが、そこを出てから仲夫は又別の世間も見て來た。その町が、何か見えない手で彼をしばりつけ、いためつけしたせまっ苦しい一區劃《くかく》だったのにひきかえ、それから後にはじまった廣《ひろ》い世間というものは云わば少しの手がかりもないもので、かつて目に見えない束縛からのがれようとして焦った頃に感じられた自分の大きさというものは、ほんのけし粒ほどにも小さく、少しの風にも塵《ちり》といっしょに吹きとばされてしまいそうであった。そういう伸夫は前よりも物を見る眼が深く、すべてがひどく心に沁《し》みて感じられるのである。

伸夫のように殆どもの心のついた頃から嫌がって逃げ出すことばかり考えていた人間はともかく、そこに生涯を住みつかねばならない人にとっては、その猫の額のような小區劃が廣大無邊《こうだいむへん》な世間そのものとなるのである。そういう意味では、伸夫の養母、その生きている間じゅう彼があんなに嫌いながらついにそこの家から逃げ出すことのできなかった、その養母はまさに典型的な人であった。

彼女は慶應三年にこの町の在で百姓の娘として生れ、兩親《りょうしん》について町外れに住むようになった。兩親は行商人や農作物の市に集《あつま》る百姓達相手の煮賣屋《にうりや》からはじめ、その頃彼女は頭髮を藁《わら》でちょきんと結んで、豆腐の煮えつまる匂いを嗅ぎながら使い走りをしていたのだが、しだいに小料理屋にまで仕上げた兩親と共に彼女もだんだん身ぎれいな娘になり、やがて婿養子を迎えると、その男が悧巧者で、飲《の》み喰いの代が拂《はら》えぬと證文《しょうぶん》を書かせ、かたにした田地をとり、仲買もたまにはするという風に、やがて町で一二と云われる料亭にまで成上ったのだが、そのあげくにぽっくり急死されると、後は片目の老母と二人きりの寡婦《かふ》になってしまった。間もなく、妻を亡くして子澤山《こだくさん》だった仲夫の父親の世話をうけるようになって、一時は後妻代《がわ》りにその家に入ったこともあるのだが、仲夫の父親が或る事件で自殺をとげて家はまるつぶれになった、そういう二つの廻《めぐ》り合《あわ》せによって、ゆき場のない遺子《いし》の一人であった仲夫が、やはり老母のほかには身よりのない彼女のところへ養い子として貰《もら》われていったのである。急場の處置《しょち》として、このことはしごく自然に誰からも思われたのだが、實《じつ》はかえって彼女が母親であり仲夫がその子であることは二人にとって各々不幸であった。生家《せいか》のあった時分、一つ屋根の下で寢起《ねお》きしていたのだから、それ相當《そうとう》の馴染はあったにしても急に母親として見ねばならなくなった彼女には仲夫はどういうわけかふしぎな嫌惡《けんお》を持った。この不幸さは十幾年かつゞいた。苦痛は兩方の側にあった。たゞ、仲夫はそれを正面に持ち出してますます鬼子《おにご》らしく、しまいには殆ど彼女を苦しめることが生甲斐のあるたゞ一つでもあるように見えたのにひきかえ、養母は今では信仰のようになっている、「これが世間というものだ」というあきらめの中に過《すご》した。幼いときから、このちっぽけな町の世間の中で揉まれぬいて來た彼女には、何ごとも世間の仕業に歸《き》し、それにはたゞ黙って従《したが》うよりほかないことを身に沁みて感じて來ていたのである。そんなに世間というものゝ前に身を屈していた彼女の額には、老いと共に白粉焼《おしろいやけ》のかたまった黒《くろ》さの中に一種功徳《くどく》に似た輝きが滲んでいたが、そういう彼女にむかって、その信じこんでいる廣大な世間が實は方二三里にすぎない區域だけのことだと云い聞かせる者があったら、彼女はどんなに尊敬する相手の云うことでも肯《がえん》じなかったであろう。ところが、この牢固とした信念が逆に仲夫の不幸の種となった。十歳にみたぬ幼時から、身のまわりに起った急激な境遇の變化《へんか》や、父親の惨《みじ》めな死方《しにかた》やそれに次ぐさまざまな風評、養母の新しくはじめた旅館《りょかん》のしめっぽい空氣などで過度に鋭敏《えいびん》になった仲夫の頭には、その一つ一つが重荷であったゝめに、そこに漠然と壓《おさ》えられるような見えない大きな手の所在を感じていた。どこにあるのかもわからない、けれども形としてはその生れた町そのもの、養母というもの、その沒頭《ぼっとう》している旅館というものが眼の前にあった。仲夫はそれを憎《にく》んだ。したがって、仲夫と養母との間には、たゞ古いものとの對立《たいりつ》ではなく、もっと執拗なふしぎな争《あらそ》いがあった。この間に養母にとってはたゞ一人の肉親である片目の老母が死んだ。仲夫にとっては、養母を彼の方へひきよせるためにはもっけの幸いであった。仲夫は心の奥底では養母との融和を求めていた。けれども、養母にはあの「世間」というものがあった。仲夫との關係《かんけい》はたゞのつながりにすぎず、今は世間の形として彼女が安心して身を托《たく》し得るものは旅館という商賣があるのみだった。彼女はその裏に姿をかくした。

「わたしに讀《よ》み書きさえできたらねえ、學問《がくもん》のないのがたった一つの殘念《ざんねん》――」

彼女はよく心から口惜しそうに云うのであった。それでもいつのまに覺えたのか、帳つけと勘定書に必要な字だけは知っていて、金釘流《かなくぎりゅう》というよりもっと愛嬌のある字を書いた。毎夜、客が寝しずまった後、女中達を帳場に集めて一日中の帳つけがはじまるのだったが、女中達は順々に自分の番の客室への出物を一つ一つ云うのに、傍で聞くことのある仲夫が感心するほどよく覺えていた。それでも、長距離電話の代金だとか細々したものは忘れるらしく、後になって「あゝ、それから――」と云い出すと、養母は顔《かお》をちょっとしかめて、「もう忘れたのはありやしないかい」と云うのだった。時によると夜の二時頃にもなることがあるので、養母をかこんで思い思いのところにざっと圓《まる》く坐《すわ》っている女中達の間にはひる間の疲れでこくりこくり居眠りするものができた。そうすると、養母は「これこれ、どういうことか」と叱りつけるのであったが、その養母の居眠りと云えば有名なものだった位で、叱る當人も時には筆を持って帳面の上にのぞきこんだまゝ眠っていることがあるし、かこんでいる女中達はそれ以上に眠いので御本尊がはじめているのも知らず、一座が十分位の間何もせずにたゞぼんやりと格好だけは帳つけの様子でうとうとしていることさえあった。するうち、女中の誰かゞ氣づいてくすりとやると、養母はハッとして、前からちっとも眠ってなんかいなかった風に筆を動かしつゞけて、「それから?」と威嚴《いげん》をとりつくろって後を訊《き》くのであった。

彼女はもの心のついた頃から似たような水商賣の中に育って來たので、客あしらいや女中達を使うことは板についてうまかった。大體《だいたい》小柄なんだがそれが客の前で挨拶するときの形は何とも云えぬうま味《み》のあるものだったので、定連《じょうれん》の京大阪の客などは「おかみさん、おかみさん」と云って親しんだ。お客の中には又愛想のいゝのがいて、「こゝの家の名前は隣りの縣《けん》でも有名ですよ」などと云うと、養母はすっかりうれしがって、とび切り上等の笑顔をするのだった。そして「お客は大切、お客は大切」と口癖のように云った。それは心からそう思っているらしく、それが又どんな客にも通じるらしくて、その旅館の評判《ひょうばん》のいゝことは伸夫でさえよそで聞いて來る位だった。その代り、養母は夜は誰よりも遲くまで起きていてすっかり客室を見まわって眠り、朝は飯焚《めした》きの次に起きるという精出《せいだ》し工合《ぐあい》だった。旅館というものは朝晩が忙しくて、ひる間はひまなものである。養母はひる頃になって手があきさえすると女中達に見えないように居間の片隅で何度でもひる寝をした。居眠《いねむり》上手という評判がたったのは、實はやむを得ぬ保健法だったようである。

人氣商賣のこつというようなものを彼女は心得ていた。八方美人という文字どおりに町中でも彼女の評判はよかった。そういう氣の配り工合を傍で見ていると、仲夫はとてもかなわぬ氣がしていたのだが、それでも女丈夫型《じょじょうふ》ではなかったと見えて、歐洲《おうしゅう》大戰《たいせん》の好景氣時分には養母も三棟ある中の建物を改築したりしたが、それからのちは鐵道《てつどう》がついて通過客も多くなり、しだい下りに赤字がふえて行った。どんなに精出してもだめであった。けれども多少家產《かさん》があったので、ぼろは出さないできたが、もっと眼を廣くして整理するというようなことは彼女の柄ではなかった。宛《あた》かも彼女の生涯が世間の押すまゝであったごとく、そういう點《てん》でも彼女はずるずるに成行にまかせるほかのことを知らなかった。どこか氣前の派手なところもあったので、整理などいう言葉は明日にも素寒貧《すかんぴん》になるようにおぞ毛をふるった。

使用人の點でもやはり間の抜けたところがあった。養母は大分前《だいぶ》から板前夫婦を家に置いていたが、そのお牧という妻君《さいくん》はこれも養母と稍《やや》似たような近在出の魚屋兼《けん》小料理店の寡婦だったので、たまたま町に流れて來た富太郎という板前とできて、富太郎はそのまゝ入夫《にゅうふ》となったのだが、勝負事の癖があって、とうとう店をつぶしてしまったのである。けれども、腕前はよかった。それを見こんで、時々養母は手つだいに來てもらっていたのを店のつぶれたのをしおに夫婦とも家に入れたのであった。富太郎はでっぷりと肥《ふと》って大柄な、眼はぎょろりとして、角刈の頭髪がどこか定九郎を思わせるように粗く濃く、見方によっては好男子とも云えるようであったが、お牧は彼にすっかり惚れこんでいる風だった。その又お牧という女が、年もはるか上だが、醜婦の部類で、ほかに結い方も知らなかったろうが好んでした銀杏返《ぎんなんがえ》しが、結い立てだけにつやつやとその頭にのっかっているのを見ると、びんつけ油の自然と垂れて光る黒い額から下の顔はくしゃくしゃとした造作《ぞうさ》を又釣り上げたようで、笑うに笑えないおかしさがあったが、その醜婦ぶりと反比例したお人好しであった。

ひょうきんなところもあって、臺所《だいどころ》で立働きながら、目の前に富太郎を置いて、傍の女中達に向って、

「わたしゃ、この人の腕前にほれたのさ」

と、わざと口をすぼめて氣どった格好を見せ、女中達がわっとはやし立てると、圖《ず》にのって富太郎の傍へすりよって芝居の仕科《しぐさ》などを眞似《まね》てみせるのだった。富太郎は田舎《いなか》廻《まわ》りの役者だった前身もあり、九州から滿洲《まんしゅう》まで流れたこともある位で、支那料理も心得ていたし、腕はたしかによくて町の他の料亭などから臨時に雇いに來ることもあったし、客の中にはわざわざ富太郎の料理を名ざしで來る者もあるほどだった。

けれども弄花《ろうか》の腕前も相當だった。のちに客の中から出資者ができて、花街横丁で食道樂《しょくどうらく》の店を出したが、一年ほど全盛だった後はすっかり手癖が出て、又その店もつぶしてしまい、養母の家へ二度目に住みこんだ。その頃から、富太郎のあらゆる惡癖が出て來た。怠け者で、時にはどこかで手なぐさみに耽《ふけ》って、二三日顏を見せぬこともある、お牧が女主人の養母に氣がねして口說くと、いきなり毆《なぐ》りつけたり、養母が臺所へ顏を出しても、ぬっとして口もきかずに客用の酒をのんでいるという有樣であった。むろん自分のもお牧のも給金などは勝負に消え、お牧の持物《もちもの》は質に入れるし、はてはお牧をつかって養母への前借り借金はさせる、自分も時には大きな身體《からだ》を神妙にかしこまってくどくどと芝居染みた泣き落《おと》しで無心をする始末で、とうとう養母はこりて、この夫婦を外へ間借りさせ、お牧だけを通いにやとったが、それもとてもやってゆけぬというので、今度は富太郎はお牧をやとう氣なら自分の身體も置いてもらいたいという挨拶で、物置同然な前二階の一室に居候みたいな形で舞いこんだ。喰わせてもらう代りに忙しいときには手傳《てつだ》うという約束だったが、それも見て見ぬふりで、そういう時はいつの間にか姿を見せなくなったりして別に給金をもらってはいないんだからな、とうそぶいた。

　養母は弱《よわ》り抜いていたが、一番の被害者はむろんお牧であった。いろいろの人が富太郎と別れることをすゝめ、お牧もその氣になることもあったらしいが、人を介しての話に「お前がその氣なら、手切金を出せ」とか、「おれの商賣は出刃《でば》だっていうことをよもや忘れやすまいな」とおどしたりする始末で、もとより羽《はね》をむしられた雀《すずめ》みたいに一物もなくなっているお牧にまとまった手切金の出よう筈《はず》もなく、かりに工面して出したところで、つかい果した後に又ぞろ舞いもどられたのでは何のことかわからない心配もあり、お牧は毎日泣寝入りであった。彼女はときどき、養母の居間へ入って、その話をしては、泣くのであった。

「なんとも申しわけがございません。でも、ひょっと別れ話などをして、わたしはよろしゅうございますが、御主へ出刃でもふりまわしはしないかと、それが一番氣がかりになります」

と、その醜い顔を又くしゃくしゃに歪めて、これより以上に小さくなれまいと思う位に消えるような格好で養母の室からひき下《さが》るのであった。けれども、ほんとうに別れる決心などはつかなかったようである。或る年の暮の餅つきのとき、その日は富太郎も機嫌がよくて、入れ代りに杵《きね》を持つのに富太郎が番になると、お牧は水をつけて餅をあい間に扱いながら、ふり下《おろ》し又ふり上げる富太郎の杵の下でいかにもうれしそうであった。誰一人知らぬ者はない仲なので、立見の男がひやかすと、

「そうよ、そうよ、あんた。好きな殿御《とのご》と餅つきすれば、めでためでたの若松さまよ」

と、半ほどから唄にしながらはしゃぐのであった。

このお牧も仲夫の養母に劣らず、このちっぽけな町の世間がすっかり身に沁みこんでいるような女であった。その境涯《きょうがい》もかなり似ていた。たゞ、養母の方がいくらか運にめぐまれ、ともかく一かどの旅館の女主人でありお牧が一物もないその使用人であるだけの相違で、お牧は富太郎に苦しめられ、養母は仲夫という彼女にとっては手に負《お》えない養い子からわけの判《わか》らぬ苦しめられ方をしていた。二人がめいめいの運命のごときものをじっとおしこらえ、そのせまい世間の些事《さじ》の中で何のために生きているのかわからぬような日々を格別の不満もなく送っている點では、まさに符合以上のものがあった。

けれども、養母の晩年には僅《わず》かに天の救いに似たものが降りた。仲夫が東京の學校に出ている間に、まだ二十歳をいくらも過ぎぬ若さで女をこしらえ、子供ができ、それを養母を養母とも思わぬいつもの仕方で押しつけて來たのである。彼女はそのためにわざわざ寒い一月の最中に仲夫の女の實家のある北國まで行って正式に貰いうけ、町につれもどって披露もしてやった。仲夫は新しい妻を養母に預けたまゝ、又東京へ出て行った。留守には男の子が生れた。養母は、今は肉親としては誰一人なく、伸夫は頼るわけにもいかず、その生れ出た子が自分の家には五十年來の初兒《ういご》であることに血こそは通わなかったがその信心する佛《ほとけ》の贈《おく》り物のように感じた。その子が赤子同様のとき種痘《しゅとう》の後にハシカにかゝり、肺炎を併發《へいはつ》したとき、心配のあまり呆《ほう》けたようになっていたので、診察に來た醫者《いしゃ》は、「子供さんより、おばあさんの方を氣をつけなさいよ」と、笑いながら云った。

醫者の眼が的確だったのか、それから間もなく、養母は急性肺炎で寝ついたが、囈言《うわごと》の間に「子供をよこしてはいけませんよ。肺炎がうつるからね」と、あれほど傍にひきつける癖のあったのに、そう何度も云った。僅か一週間で死んだ。

養母の死は同時に、その形づくっていた小世間の瓦解《がかい》だった。伸夫はもとより後をつぐ氣はなかったので、一切を整理して、養母にとっては天の贈物だった男の子と妻といっしょに別の天地へ去って行った。女中達は、後を買いとって旅館をつぐ人のところにそのまゝ居のこって奉公するのもあったし、これをしおに家にかえる者もいた。お牧は永い間迷惑をかけた主家をはなれて、僅かな涙金《なみだきん》を元手に、その頃新開地の風のあった驛前《えきまえ》で、富太郎といっしょに飲食店をはじめた。

けれども、土地の柄は悪いし、富太郎も荒《すさ》み切っていた上に持病の喘息がつゞいてろくに庖刀《ほうちょう》もとらないのだが、ともかくその日その日を送れることに満足しなければならなかった。が、今までは殆ど無一物だったにせよ、主家の蔭にいたので埃も立たなかったものが、今はゴミっぽい驛前の硝子の割れたまゝ、店の土間には新しい割箸の束だけが目立つような侘びしい家で、まるで風に吹きさらされ、埃立つような暮《くら》しであった。その上、富太郎の手癖は依然として止まず、いろんな悪仲間が出入りする賭博宿《とばくやど》のようになって、警察の手が入るなどするうち、富太郎は驛前に何軒かある同じような安料理屋の、やはり寡婦のところに入り浸るようになって今はそこの入夫同然になってしまった。

仲夫の養母が孫の重病に呆然となったように、お牧はあれほど苦しめ抜かれた富太郎に去られて、何も手につかずあのおかしな銀杏返しのくずれほうけた髪に埃をかぶったまゝぼんやりと店先きを眺めくらした。かつて、富太郎にドスをきかされた代りに、今お牧の考えることは、幾日となく使ったこともないので赤銹《あかさび》のでた料理場の出刃をふるって、ぬくぬくと新しい女の丹前《たんぜん》にくるまって炬燵酒でもやっているにちがいない富太郎の居る家へ荒ばれこんでやろうか、ということであった。

が、或る夕方、富太郎はふいに歸って來た。喘息がこじれて寝ついたまゝ氣力のすっかり衰えた富太郎はその女から追い出されんばかりにしてもどったのだ。お牧のくしゃくしゃに歪んだ顔には、歪んだなりにぱっと紅味《あかみ》がさした。富太郎の病氣は重かった。お牧は出刃のことも忘れて、このときとばかり一心に介抱《かいほう》した。それが、彼女にできる唯一つの復讐だった。

「ほんとうに、苦勞《くろう》ばっかりかけて。ねえ。どうしたって、わたしでなくっちゃだめでしょうが」

と、叱り叱り、富太郎に氷をあてがうと、富太郎は、うん、うん、とうなづいた。そのまゝ息をひきとった。

葬式を出すと、お牧はがっくりとなった。借銭《しゃくせん》つゞきでもはや店も仕舞うと、身體の調子が悪いので、一時のしのぎに裏町の、これもお牧に劣らず無一物の子供だけはうようよしている家の一間を借りたが、そこに入るなり寝ついてしまった。誰も介抱するものはいなかった。やっと、聞いた昔の仲間である女中の一人が見舞った頃には、お牧はろくに口も利《き》けないほどであった。仲夫の知り合いであった印刷工で繪《え》を勉强している若い男が、富太郎の葬式のときも世話をしたのだが、それもつとめがあるので、ともかく看護の女を見つけた。仕事がすんだ夜おそく印刷工が行ってみると、看護の肥った女は居眠りをしていて、傍ではお牧がもう意識不明になっていた。

その明け方、お牧は元の主人の友達だったというだけの印刷工に看とられたまゝ、又何のことか判らずにたゞぽかんと肥った身體を坐らせている急雇いの女の見ている前で、あの風に吹きさらされ、埃の立つような境涯のうちに、息を引いた。

それは富太郎が死んでから僅か一週間目であった。お牧にしてみれば、あれほど苦しめ抜かれながらついに別れることのできず、最後に自分の手で息をひきとらせた富太郎の面影が、お牧の死目《しにめ》に佛様のように浮かんだことであろう。

（昭和十四年二月）

撰者あとがき

小山書店に新風土記叢書というシリーズがあった。宇野浩二の『大阪』、稲垣足穂の『明石』、中村地平の『日向』、太宰治の『津軽』、伊藤永之介の『秋田』など、その土地に関係の深い作家たちが思い出を織り込みながら愛情を込めて故郷を語っている。また装幀が渋い落ち着いたフランス装になっていて、一冊一冊と書棚に並べていくのが楽しいシリーズだ。

私が田畑修一郎の文章に出会ったのが、このシリーズの一冊『出雲・石見』（昭和十八年初版）だった。中野重治が『敗戦前日記』で、この『出雲・石見』のことに触れていたのを読み、興味を持った。確か「力のこもったもの」という短い言葉だったが、当時、中野重治に絶対の信頼を置いていた私には、それだけで充分だった。ただこの新風土記叢書、古書として人気があり、古書値もなかなかのもので、探すのにも買うのにも時間がかかった。

読んでみると、期待に違わず、最初から瑞々しい文章が始まり、読み進めると中野重治のいうチカラのこもった文章をも感じることができた。私にとって大切な作家がまたひとり現れたと思った。書き出しの文章は、

「汽車で鳥取県の方から、大山を左手に眺めながら西行すると、米子を過ぎて間もなく出雲に入る。今まで、大山の裾を引いた緩い傾斜地の、いくらか下方に日本海を見て来たのが、急に近々と静かな水辺を感じるようになる」となっている。

汽車が徐々に故郷に入っていくときの田畑修一郎のワクワクする気持ちがよくわかる文章だ。田畑の小説を読んだ後にこの『出雲・石見』を読むと、より一層の感動がやってくるのではないか。

私はこの『出雲・石見』のあと、全三巻の全集（冬夏書房）に辿り着いた。だが全集を買ったことで安心してしまい、しばらくは手を付けなかった。でも本は買っておくべきもの、数年たち、何かの拍子で読み出すことになる。

まず、三宅島ものと言われる「南方」、「石ころ路」、「三宅島通信」、「断片」などがしみじみと心に残った。生活の場所を移すことで、新鮮な島の風景の中に入り、よく分からない人とも出会う。そんな外への心の動きが、素朴という大きなものに包まれていく。

随筆にも『文學手帖』や『鳥打帽』のように面白いものがあった。田畑は、「街」、「雄鶏」、「麒麟」、「世紀」、「木靴」、「文学生活」といった数々の同人雑誌に参加して、修行時代を多くの文学青年たちと過ごした。田畑はその付き合いの場で、随筆的な目を得たのだろう。

他にも、家族のことを描いた、「相似」、「鳥羽家の子供」なども読み進むうち、田畑修一郎が普通に読めない現状が残念でならないと思うようになった。そのときから何年が経っただろう、やっと私にチャンスが巡って来た。この「灯光舎本のともしび」シリーズが決まったとき、どこかのタイミングで田畑修一郎をと考えていたが、寺田寅彦の『どんぐり』の力も借りてこの第二巻に入れることができた。

多くの魅力ある作品の中から私が選んだのは、「木椅子の上で」、「石ころ路」、「あの路この路」。欲を言えば、「岩礁」と「相似」も入れたかったが、最後に読者を信じてそれらを外した。私としては、田畑修一郎という作家の魅力を伝えるには何を選べば良いか、という気持ちだけなのだ。もっと田畑の作品を読んでみたい、そう思っていただけたら、撰者としてうれしく思います。

「木椅子の上で」は、雑誌『知性』（昭和十五年八月）に、「石ころ路」は、雑誌『文芸通信』（昭和十一年十一月）に、「あの路この路」は、雑誌『文體』（昭和十四年三月）に発表された。

二〇二一年六月十七日　山本 善行

・本書制作にあたっては、冬夏書房『田畑修一郎全集第一巻』（昭和五十五年 第一刷）を底本としました。
・旧字体については底本のままとし、一部表記の統一を行いました。
・送り仮名については底本の通りにしています。ただし、現代送り仮名を基準に、必要な部分にはルビを付しました。
・ルビについては、本書制作過程で新たに追加しました。
・明らかな誤字脱字については、小社の判断のもと訂正を行いました。
・各著作品のなかで、表記に若干の揺れがみられるものの、著者の文章および底本を尊重し、ごく一部に修正を加えるのみにとどめました。
・現代の観点からは不適切と思われる表現がみられますが、著者の意向および文章を尊重し、底本のままとしました。